KB273964

# 판데모니움

# 이야기가 된 SOS 신호

‘판데모니움’은 존 밀턴의 서사시『실낙원』에서 처음 등장한 말입니다.『실낙원』에는 하나님께 반역했다가 지옥에 떨어진 천사들의 이야기가 나옵니다. 그들이 지옥에 거대한 궁전을 만드는데 바로 그 궁전의 이름이 판데모니움입니다.

『판데모니움』은 오늘을 살아가는 청소년이 맞닥뜨린 어두운 그늘을 적나라하게 다룹니다. 청소년을 노리는 주요 범죄를 총망라해 그 양상을 추적합니다. 마치 톱니바퀴처럼 맞물려 돌아가는 범죄의 시스템을 우리 눈앞에 펼쳐 보여 줍니다.

작품은 묻습니다. 왜 우리는 악을 뿌리 뽑지 못하고 그것이 반복되도록 내버려두었는지. 이 질문이 위험에 빠진 이웃과 자신을 어떻게 구할 수 있을지 고민하는 첫걸음이 되었으면 좋겠습니다.

『판데모니움』은 쉴 새 없이 몰아치는 사건과 충격적인 반전을 갖춘 흥미로운 이야기지만, 한 걸음 더 들어가서 보면 위험에 빠진 누군가가 보내는 SOS 신호일지도 모릅니다. 그 신호가 많은 사람에게, 특별히 이 이야기를 읽는 여러분에게 더욱 선명하게 전달되기를 바랍니다.

**소원라이트나우 10** _______ light now

바로 지금, 청소년의 가려진 문제를 양지로 끌어내어 용기 있게 이야기하는 소원나무 청소년 문학 시리즈

소원라이트나우 10

# 판데모니움

초판 1쇄 발행 | 2026년 03월 20일    2쇄 발행 | 2026년 04월 30일

글 | 유상아   표지일러스트 | 권서영

**책임편집** | 양현석   **책임디자인** | 차다운
**편집** | 한은혜 · 양현석 · 최유정   **디자인** | 차다운 · 양정윤 · 현서림   **홍보** | 홍주은
**영업** | 이채원 · 성진숙   **디지털콘텐츠** | 이헌화   **경영지원** | 유재곤
**펴낸이** | 이미순   **펴낸곳** | (주)소원나무
주소 | 경기도 고양시 덕양구 으뜸로 110 힐스테이트 에코 덕은 오피스 2동 603호
전화 | 02-2039-0154   팩스 | 070-7610-2367
등록 | 제2021-000180호(2021.09.30)

ISBN 979-11-7476-054-8 44810
(세트) 979-11-93207-20-8 44810

ⓒ 유상아, 2026

독서활동자료

소원나무 홈페이지

**소원나무** 한 권의 책 속에 우리의 꿈과 희망을 소중하게, 정성스럽게, 웅숭깊게 담아냅니다.

제1회 소원청소년문학상
대상 수상작

# 판데모니움

유상아 장편 소설

소원나무

# 차례

일러두기

소설 속 인물의 성격과 특징을 살릴 수 있도록 입말을 사용하였기에

맞춤법에 맞지 않은 말이나 비속어가 포함되어 있습니다.

# 프롤로그

　'제로 데이 공격'은 사이버 세상에만 존재하는 것이 아니었다. 패치가 나오기 전에 시스템을 파괴하는 것이 제로 데이 공격의 핵심이듯, 고통에 면역이 생기기도 전에 보통의 날이라 믿었던 일상을 보기 좋게 부숴 버리고 마는 것. 우리 삶에서 벌어지는 제로 데이 공격은 어느 틈에 숨어들었는지 결코 찾을 수 없어 사이버 세상의 그것보다 더 치밀하고 가공할 위력을 지니고 있었다. 국내외 여러 해킹 방어 대회에서 준수한 수상 경력을 쌓은 고등학생 해커 차은호, 나에게도 예외는 없었다.

　고3 개학을 열흘 앞둔 2월의 마지막 월요일, 선정이가 죽었다. 그리고 제로 데이 공격이 시작되었다.

# 1부 제로 데이 공격

10월 3일

[Web 발신]

당신들이 죄라느니 파괴라느니,

간단히 말해 악이라고 부르는 것.

그것이 원래 나의 본성이다.

나는 언제나 악을 원하면서도

언제나 선을 이루는 힘의 일부.

나와 만나는 순간,

따분했던 지난날은 날아가 버리고

당신의 감각은 황홀경을 누리리라.

내가 누구인지 답이 됐을까?

-메피스토

MMS 오전 01:47

# 박제된 인생

밤하늘을 다 덮을 듯이 커다란 날개로 깎아지른 절벽 사이를 멋지게 비행하는 악마의 모습. 광활한 밤하늘을 유영하듯 우아한 곡선을 만드는 검푸른 날개가 신비롭다. 손을 뻗어 탐스러운 저 깃털 하나를 갖고 싶다.

악마가 도착한 곳은 화려한 에메랄드로 치장된 초호화 호텔. 웅장한 효과음과 함께 악마가 호텔 앞에 착지하자 거대한 황금 문이 열린다. 곧이어 먼 하늘을 새까맣게 채운 검은 새 떼가 호텔을 향해 날아온다. 가만히 살펴보니 검은 새 떼는 악마의 무리. 속속 도착한 악마들이 저마다 초대장을 내민다. 초대장에 새겨진 황금빛 글씨는 판데모니움(PANDEMONIUM).

오전 일곱 시, 알람이 울리기도 전에 눈을 떴다. 어젯 밤 맛보기로 플레이한 온라인 게임 회사 넥스트의 신작, 〈판데모니움〉 오프닝 영상이 밤새 꿈속에서 어지럽게 재생되었다. 〈판데모니움〉은 시간을 넉넉하게 주겠다며 넥스트의 프로젝트 매니저님이 보안 테스트를 부탁한 게임이다.

악마전 혹은 복마전으로 불리는 '판데모니움'은 『실낙원』[1]에 등장하는 지옥의 도성이다. 창조주에게 반역한 죄로 땅끝 지옥에 떨어진 모든 악마가 총집결하는 무법 지대. 설정이 흥미로워 다양한 게임의 테마나 배경으로 자주 등장한다. 프로젝트 매니저님은 올가을에 출시 예정인 〈판데모니움〉이 국내 게임 시장의 판도를 뒤엎을 초대박 작품이 될 거라고 단언했다. 각종 규제로 그동안 국내에서 순한 맛으로만 제공되던 소셜 카지노 게임[2]의 본격적인 스타트를 끊는 게임으로 모바일과 PC를 넘나드는 멀티 플랫폼을 제공한다고 했다. 솔깃한 의뢰비에 덥석 제안을 받아들이기는 했지만, 고3 개학을 앞두고 괜한 부담을 떠안았다는 생각이 들었다.

---

1) 존 밀턴이 1667년에 발표한 장편 서사시. 인간의 타락과 구원이 주제다.
2) 현금이나 경품과 같이 가치가 있는 것을 획득할 기회가 없는 시뮬레이션 도박 게임.

천장을 날려 버릴 듯 우렁찬 '그르렁' 소리와 허무하게 바람 빠지는 '쉭' 소리를 무한 반복 중인 익숙한 코골이가 들려왔다. 친한 형에게 물려받은 오토바이로 작년 가을부터 배달 알바를 시작한 지훈이는 막배달이 우리 집과 가까우면 무단 침입해 거실 소파를 차지했다.

허구한 날 숙면을 방해하는 녀석에게 딱밤이라도 날리려고 거실로 나갔다. 화려한 싱글을 외치며 입주한 오피스텔을 팽개쳐 두고 가죽이 얼룩덜룩 벗겨진 남의 집 소파와 합체되어 자는 꼴이라니. 세상만사 아무런 근심 없이 꿀잠에 빠진 녀석의 얼굴을 보니 웃음이 나왔다. 같은 중고등학교에 다니며 5년간 붙어 지낸 찐친 지훈이는 중학교 시절 '동방박사'라는 닉네임으로 화양구에서 이름을 날리던 게이머였다. 고등학교에 입학하고 공부를 좀 하는가 싶더니, 지난 가을에 고3이 되면 직업 위탁 학교 교육을 신청해 셰프가 되겠다고 선언했다. 세상 부럽다. 답 없는 입시 판과 쿨하게 결별할 수 있는 용기가.

식탁엔 아빠가 준비해 둔 아침 식사가 대기 중이었다. 아빠는 우리가 사는 빌라 1층에서 편의점을 운영한다. 덕분에 에브리 데이 나의 아침은 아빠가 챙겨 오는 폐기 식품이다. 오늘 아침은 병아리콩샐러드, 바나나, 참치샌

드위치 그리고 흰 우유. 아, 3일째 참치샌드위치라니. 좀 물리긴 하지만 일주일 내내 화끈 치즈불닭삼각김밥을 먹었던 작년 3월을 생각하면 아무렇지도 않다.

병아리콩샐러드는 지훈이 것으로 남겨 두고 학교로 향했다. 겨울 방학 동안 밤에는 라이더로, 낮에는 아빠 편의점 알바생으로 일하는 지훈이가 그다지 좋아할 메뉴는 아니지만.

*

경기도 화양구에 위치한 서일 고등학교. 방학에도 학생을 위해 도서관을 오후 다섯 시까지 개방한다는 교장쌤의 통 큰 결단에도 불구하고 도서관은 썰렁함 그 자체였다. 아이들은 방학이면 온갖 특강과 보강으로 더욱 빡빡해지는 학원 스케줄을 소화하느라 바빴다. 덕분에 텅 빈 도서관은 인강으로 공부하는 나의 전용 학습 공간이 되었다. 8년 전 말끔한 신관이 들어선 이후, 아이들은 건축한 지 30년이 넘은 구관을 '구린 건물'로 불렀다. 하지만 구관 6층 도서관은 녹음이 우거진 교정이 한눈에 내려다보이는, 숨은 뷰 맛집이다.

오전 여덟 시, 지정석인 도서관 창가 자리에 앉았다.

고2까지 내신 1.9등급. 수시로 K대 사이버 보안학과에 합격하려면 어떻게든 고3 내신을 끌어올려야 한다. 인강 일타 수학 강사의 교재를 펼쳤다. 1년이 멀다 하고 전형을 요리조리 손보는 '변태 콘셉트' 입시 판은 무조건 빨리 뜨는 사람이 승자다. 나는 탭을 켜고 미적분 인강을 1.5배속으로 들었다.

킬러 문항에 막혀 끙끙대던 오후, 검은 패딩 코트에 후드를 푹 눌러쓴 선정이가 유리문을 밀며 도서관으로 들어왔다. 우리는 눈인사를 나눴다. 둘 다 북태그 멤버지만 나와 선정이는 가깝지도 멀지도 않은 사이다.

교내 독서 동아리 북태그의 주요 활동은 도서관 봉사와 '북태그 챌린지'다. 북태그 챌린지란 동아리 회원이 독서 후 인상적인 문장을 단톡방에 공유하고, 그 문장이 마음에 든 다른 회원이 릴레이로 같은 책을 읽으면 5천 원짜리 도서 상품권을 함께 받는 활동이다. 나는 단톡방에 올라오는 문장마다 습관적으로 하트를 눌렀지만, 선정이가 공유한 문장은 유독 공감되는 것이 많았다.

왠지 평소보다 얼굴이 더 하얗고 핼쑥해 보이는 선정이가 서가로 걸음을 옮겼다. 슬리퍼에 스타킹도 신지 않은 맨다리가 눈에 들어왔다. 패딩 코트로 온몸을 감싼 것과 달리 푸르스름한 핏줄이 도드라진 종아리에서 냉기가 고스란히 전해졌다.

평소 선정이는 빈틈없이 일관된 모습이었다. 단정한 똑단발, 잔주름 없이 손질된 새하얀 블라우스, 총명함이 느껴지는 두 눈에 꽉 다문 입술까지. 쉽게 다가가기 힘든 전교 1등의 포스가 느껴졌다. 그런데 오늘 선정이는 어딘가 다르다. 서가에서 돌아온 선정이가 검은 표지의 두툼한 『파우스트』를 책상 위에 올려놓으며 내 옆자리에 앉았다.

"스터디 카페 갔다가 가끔 책 빌리러 여기 오면 항상 은호 네가 있더라."

"놀 만큼 놀았으니 고3 코스프레 좀 해 보는 중이지 뭐. 넌 이런 벽돌 책이 진짜 재밌어? 작년 가을인가, 북태그 단톡방에 『파우스트』 공유했었지? 상품권 받으려고 좀 읽었는데 진도가 안 나가서 그냥 던져 버렸어."

"여러 번 읽었어. 이해하고 싶어서. 근데 보고 또 봐도 파우스트는 노망난 쓰레기야. 메피스토한테 영혼을 팔아넘긴 대가로 젊음을 얻은 파우스트가 어린 그레트헨을 탐하는 이야기. 역겨워."

뚫어지게 『파우스트』 표지를 바라보는 선정이의 얼굴

이 순식간에 붉어지더니 오른뺨에 미세한 경련이 일었다. 표지에는 악마 메피스토가 꼬장꼬장해 보이는 노인 파우스트의 얼굴을 손거울로 비추는 장면이 그려져 있었다. 거울 속에는 노인 파우스트 대신 자신감 넘치는 청년 파우스트의 얼굴이 보였다.

지난 가을에 읽었던 『파우스트』의 줄거리가 어렴풋이 떠올랐다. 한평생 미친 듯이 지식을 갈구했지만, 끝내 진리를 깨우칠 수 없었던 늙은 지식인 파우스트. 그는 부, 명예, 쾌락 등 원하는 모든 것을 주겠다는 악마 메피스토와 영혼을 담보로 거래를 맺고 젊은 외모로 변신한다. 젊어진 파우스트는 어린 그레트헨에게 한눈에 반하고, 그녀를 유혹해 육체관계를 맺는다. 결혼하지 않은 여자의 임신을 수치와 죄악으로 여기던 당시 사회에서 파우스트의 아기를 가진 그레트헨은 처형되고, 그녀의 어머니와 오빠도 파우스트로 인해 비극적인 죽음을 맞이한다.

이게 내가 기억하는 『파우스트』 1부의 줄거리다. 평소 정제된 언어를 사용하는 선정이가 파우스트에게 거친 말로 직격탄을 날리는 모습이 의아하고 생소했다.

"인터넷에서 줄거리 찾아봤어. 그레트헨 때문에 결국 파우스트가 구원받는 이야기 아니야?"

"욕망덩어리 노인이 피어 보지도 못한 여성을 제물로 삼아 구원을 받다니……. 한때는 작가가 꿈이었는데 괴테가 60년을 바쳐 이런 허접한 결론에 도달한 걸 보면 작가의 삶도 허무한 거 같아."

"작가가 꿈이었어? 일편단심 의대 지망생인 줄."

"꿈이 아니라 지독한 현실이지. 나에게 닥친 모든 현실의 합이 가리키는……."

허공 어딘가에서 초점을 잃은 선정이의 두 눈. 무언가를 골똘히 생각하는 표정이 무색무취해 어떤 감정도 느껴지지 않았다. 잠시간 침묵 끝에 선정이는 그동안 누구에게도 털어놓지 못한 비밀스러운 이야기를 들려주었다.

"글로리 빌딩에 있는 주동훈 가정 의학과 원장이 내 아버지인 건 알지? 언제부터 의사 집안이었는지, 할아버지의 아버지까지 의사였대."

검은 통유리로 빈틈없이 외벽을 마감해 비밀스럽고 화려해 보이는 글로리 빌딩이 떠올랐다. 낮에는 햇빛을 반사해 눈부신 광채를, 밤에는 황금빛 조명으로 아름다운 야경을 연출하는 화양구의 랜드마크다.

"아주 당연하게 오빠와 내 미래는 의사로 세팅되어 있었어. 다른 꿈을 꾸는 건 있을 수 없는 일이었지. 의대 진학 레이스는 초등학교 저학년부터 시작돼. 아니다, 태교할 때부터 우리 엄마한텐 염원이고 주술이었을 거야. 오빠가 수능 만점으로 한국대 의대에 합격했으니 엄마의 주술이 효험이 있다고 해야 하나?"

서일고 4년 선배인 선정이 오빠 주선민은 떠도는 에피소드만 묶어도 책 출간이 어렵지 않은 '공부의 신'이었다. 수학 문제를 책 읽듯 눈으로만 푼다거나, 초등학교 4학년 때 이미 토익 만점을 받은 완벽한 영어 실력, 이뿐만 아니라 과학 토론 대회를 싹쓸이한 과학 영재에 수준급 피아노 연주까지. 그를 가르친 공교육, 사교육 선생님들은 그를 인성과 실력을 모두 갖춘 완벽한 사기캐로 기억했다.

"선민 선배 화양구 레전드지. 지금도 쌤들이 무용담처럼 선배 에피소드 수업 시간에 들려주잖아."

"사람들은 결과만 보고 이야기하지. 오빠가 미친 듯이 갈아 넣은 시간은 모르니까……. 우린 평범한 추억 하나 없는 '테스트 인생'을 살았어. 허들 하나를 넘으면 바로 다음 허들이 돌진해 오는."

학벌도 직업도 특별히 내세울 게 없었다는 선정이 어머니는 대학 병원 원무과에서 근무하다 선정이 아버지를 만났고, 시댁의 엄청난 반대를 무릅쓰고 결혼했다. 선정이 할머니는 예고도 없이 불쑥불쑥 집에 쳐들어와 손주들을 의사로 키울 자신이 없으면 언제든 물러서라고 선정이 어머니를 압박했다. 할머니가 한바탕 집안을 뒤집어 놓고 갈 때마다 남매의 학원 스케줄이 하나씩 추가되었다.

집안에 생기가 돌고 웃음꽃이 피는 유일한 날은 선민 선배나 선정이가 큰 대회에서 상을 받아 올 때뿐이었다. 할머니에게 항상 주눅 들어 사는 엄마가 기뻐하는 모습은 어린 선정이에게 다음 미션에 도전할 동기가 되었다. 하지만 사고력 수학 경시대회, 과학 올림피아드, 국제 학술 영어 디베이트 대회……, 해가 바뀔수록 테스트의 난도는 가파르게 올라갔고 노력만으로 해결할 수 없는 한계에 부딪쳤다.

오빠 주선민은 달랐다. 모든 미션을 완벽하게 클리어하며 부모님이 인정하는 성공 모델이자 선정이가 넘어설 수 없는 벽이 되었다. 선민 선배가 수능 만점으로 한국대 의대에 입학하고 오피스텔을 얻어 독립하자, 그때부터 집안의 모든 관심이 선정이에게 쏠리기 시작했다.

고등학교 입학을 앞둔 겨울 방학, 선정이 아버지는 서

점에서 직접 고른 수학 문제집을 한가득 사 왔다. 대치동 일타 수학 강사의 현강 과제와 의대생 수학 과외, 거기에 아버지가 사 준 문제집까지. 선정이는 다섯 시간이던 수면 시간을 네 시간으로 줄였다.

며칠 후, 집 안 곳곳에 CCTV가 설치되었다. 선정이가 방에서 잠시라도 좋아하는 책을 읽으면 아버지는 비난과 질책을 쏟아 냈다.

"공부에 도움도 안 되는 이런 책은 입시 끝나고 보든가 해. 진짜 필요한 지식이 뭔지 알아? 짜깁기로 인터넷에 유통되는, 누구나 접근 가능한 가짜 지식은 쓸모가 없어. 의사가 가진 전문 지식은 지금도, 앞으로도, 평범한 사람한테는 불가침의 영역이야. 그래서 사회도 고연봉과 명예를 보장해 주는 거다. 진짜 지식을 네 것으로 만들어. 경험해 본 사람만 안다. 어디서나 존경받고, 누구도 감히 넘볼 수 없는 위치가 인생에서 얼마나 중요한지."

질리도록 듣고 또 들어 온 아버지의 훈계가 리플레이되는 동안 선정이는 생각했다. 오빠가 옳았다. 이 지옥에서 탈출하려면 반드시 의대에 가야만 한다.

"그때부터 시작이었을까. 깊이 숨을 들이마셔도 항상 텅 빈 느낌. 나비 표본 본 적 있어? 몸통을 파고든 가느

다란 고정 핀이 죽은 나비의 훨훨 날고 싶은 영혼까지 박제하는 건 아닐까? 화양구 어린이 박물관, 거기 3층에 곤충관이 있어. 봉사 시간 채우러 갔다가 파란 날개가 빛나는 나비 표본을 봤어. 금방이라도 날아오를 것처럼 눈부신 날개를 바라보는데 내 가슴이 따끔따끔 아파 오더라. 박제당한 삶. 그 고통을 아는 사람이 있을까.”

담담하게 이야기를 이어 나가던 선정이가 가만히 눈을 감았다. 툭, 눈물이 떨어졌다. 감정의 둑이 터져 버렸는지 선정이는 한동안 그렇게 눈물만 흘렸다. 무슨 말로 위로해야 하지? 적당한 말을 고르는데 선정이가 먼저 피식 웃음을 지었다.

“생각보다 괜찮은데? 친구한테 속마음을 털어놓은 기분 말이야. 버킷 리스트 중 하나였어.”

“답답한 일 있으면 말해야 돼. 삼키는 거 버릇되면 속에서 곪아 터지거든.”

“앞으로 은호 너한테 말해도 될까?”

“뭐, 네가 편하다면 얼마든지.”

“나 혼자 너한테 내적 친밀감 느끼는 거 모르지? 내가 올린 북태그 챌린지 보고 릴레이로 책을 읽어 준 사람, 네가 유일하거든.”

"사실 네가 올린 책 대부분 고퀄이라 읽기 어려웠어. 그래도 마음에 드는 문장은 꽤 많았어. 덕분에 윤동주 시집도 읽어 봤잖아. 네가 단톡방에 올린 「무서운 시간」, 그 시 참 좋더라."

"'일을 마치고 내 죽는 날 아침에는 서럽지도 않은 가랑잎이 떨어질 텐데…… 나를 부르지 마오.' 그 시구에 네가 '죽음은 수북한 낙엽으로 덮어 둘 수밖에 없는 쓸쓸한 고통'이라고 댓글 달았지?"

"내가 그런 멋진 말을 했어? 어쩌다 얻어걸린 거."

"찐 문과인 줄 알았더니 사이버 보안학과 지망하더라. 디도스 공격, 서버 다운…… 뉴스에 나오는 그런 일, 맘먹으면 할 수 있는 거야?"

"디도스 공격은 블랙 해커가 벌이는 테러야. 난 화이트 해커가 될 거야. 블랙 해커의 공격을 방어하거나 차단하는 사람. 프로그램 안에는 보이지 않는 암호가 숨어 있거든. 그 암호를 풀 수도, 아무도 풀지 못하게 잠글 수도 있어야 보안 전문가가 되는 거지."

"암호 해독가 같은 건가? 네가 만든 암호를 아무도 풀지 못하면 사이버 세상 어딘가에 너만의 비밀 공간을 만들 수도 있겠구나. 나도 그런 공간이 있으면 좋겠다."

“그런 공간이 있으면 뭘 하고 싶은데?”

“완벽한 안식을 누리고 싶어. 은호야, 앞으로도 내 얘기 좀 들어 줘. 진짜 친구처럼!”

선정이는 『파우스트』를 대출한 뒤, 도서관을 나섰다. 진짜 친구? 지금까지 우린 어떤 사이였지? 어느새 교정을 걸어가는 선정이의 모습이 창문 너머로 보였다. 검은 패딩 코트에 후드를 꾹 눌러쓰고 웅크린 채 걷는 선정이의 뒷모습은 어린아이처럼 작고 가냘파 보였다. 바람이 꽤나 부는지 운동장에 흙먼지가 일었다. 바람 속을 휘청휘청 걷는 뒷모습. 그것이 내가 본 선정이의 마지막 모습이었다.

# 시간의 두 얼굴

누군가에게는 한없이 친절하고 모든 것을 아낌없이 베풀면서 다른 누군가에게는 끝없이 잔인한, 카멜레온 같은 시간의 결. 하늘 꼭대기에서 땅끝까지의 추락도, 단 한 번 초침의 미세한 움직임 사이에 감춰 버리는 완벽한 시간의 침묵. 누군가 제물이 되어 잔인한 시간 속으로 뚜벅뚜벅 걸어 들어가는 것도 모른 채, 그 시간 우리는 즐거운 저녁 식사를 하고 있었다.

유난히 손맛이 좋은 지훈이는 냉장고에 있는 재료만으로 뚝딱 한 상을 차려 냈다. 개학하면 직업 위탁 학교에 다니게 될 지훈이가 최후의 만찬을 즐기자며 마련한 자리였다. 매콤한 오징어섞어찌개에 삼겹살수육. 아빠는 대박을 연발하면서 지훈이를 '짱셰프'라고 추켜세웠다.

"야, 매콤하니 속이 확 풀어지네. 새벽에 소주 반병 마시고 자서 온종일 속이 부대꼈는데. 역시 장지훈, 짱셰프 대박이야! 수육이 아주 살살 녹는다."

"가슴속까지 시원한 오징어섞어찌개, 오직 아버님 속 풀이용으로 끓인 겁니다."

"역시 내 속을 아는 사람은 지훈이뿐이야. 허허."

넉살 좋은 지훈이는 4년 전 돌아가신 엄마의 빈자리를 훌륭하게 채워 주었다. 중학교 1학년, PC방 죽돌이로 지내던 시절에 친해진 지훈이는 보육원에서 자랐다. 재고 따지기보다 일단 닥치고 해 보는 마인드로, 꼬리에 꼬리를 무는 생각 때문에 늘 머릿속이 복잡한 나와는 전혀 다른 성격이다. 그 시원시원함 때문에 나는 처음부터 녀석에게 끌렸다.

3개월 전, 지훈이는 자립 준비 청년의 독립 지원을 위해 화양구에서 2년간 무상으로 제공하는 오피스텔로 이사했다. 자신만의 공간이 생겨 혼자 사는 기쁨을 만끽할 줄 알았더니, 오피스텔보다 우리 집을 더 뻔질나게 드나들고 있다.

"입시 판 탈출하더니 아주 살판났네. 아빠, 눈에서 꿀

떨어져요. 언제는 지훈이 코 고는 소리 때문에 영 잠을
못 자겠다고 우리 집에서 영구 추방해야 한다면서요."

이젠 나 없이도 부자지간처럼 손발이 잘 맞는 아빠와
지훈이. 참 다행이다 싶으면서도 가끔 심술 섞인 장난기
가 발동했다.

"흠흠 아니, 내가 언제 그런 말을 했냐. 아 은호야, 아
까 편의점에 네 친구가 왔다 갔다. 여자애였는데 이름이
뭐더라……. 너랑 같은 동아리라면서 편지를 두고 갔는
데 가지고 올라온다는 걸 깜박했네. 혹시 여친이냐?"

은근한 기대감을 내비치는 아빠 물음에 이상한 불안감
이 스쳤다. 전할 말이 있으면 메시지를 보내면 될 텐데,
생뚱맞게 편지라니.

"혹시 단발머리예요?"

"응, 영화 〈레옹〉에 나오는 여주처럼 똑단발에 얼굴이
하얗던데. 예쁘더라."

"아, 선정이 말씀하시는 거네. 걔 며칠 전에도 편의점
왔었어. 너, 해커로 활동한 지 오래됐냐고 묻더라. 대박!
은호 너한테 관심 있는 거 아니야?"

"언제 왔다 갔어요?"

"한 시간 좀 더 됐을걸. 편지는 카운터 서랍 안에 뒀다."

쏜살같이 계단을 뛰어 내려가 편의점 안으로 들어갔다. 안쪽 창고에서 꺼낸 캔 음료를 냉장고에 진열 중인 아르바이트생 지혜 누나가 살짝 손을 흔들며 인사를 건넸다. 인사를 하는 둥 마는 둥 하고 급하게 카운터 서랍을 열었다.

**친구, 은호에게**

흰 편지봉투에 꾹꾹 눌러쓴 선정이의 손 글씨. 순간 '친구'라는 단어가 훅 커지더니 머리를 한 대 후려치는 것 같았다. 서둘러 편지봉투를 열었다. A4 용지에 쓰인 선정이의 짧은 편지가 한눈에 들어왔다.

군데군데 눈물 자국으로 번진 글씨. 두 손이 떨렸다.

『파우스트』의 결말은 틀렸어.

악마 메피스토보다 영혼을 거래한 파우스트가 더 사악한데 왜 구원을 받지? 자신의 욕망 때문에 그레트헨의 모든 것을 앗아 간 파우스트. 나는 그놈과 지옥의 불구덩이로 들어갈 거야.

은호야, 약속한 대로 내 얘기를 들어 줘. 그리고 나를 지워 줘. 부탁해.

편지봉투 안에는 두툼하게 접힌 종이 한 장이 더 있었다. 칼로 반듯하게 잘라 낸 『파우스트』의 한 페이지였다.

머릿속이 하얘지면서 카운터 위로 편지를 툭 떨어뜨렸다. 차은호, 정신 차려! 스마트폰에서 선정이 연락처를 찾아 통화 버튼을 눌렀다. 하지만 들려오는 건 잔인하도록 무감각한 기계음뿐이었다.

다시 집으로 뛰어 올라갔다. 혼이 반쯤 나간 내 모습을 아빠와 지훈이가 놀란 눈으로 바라보았다.

"큰일 났어! 선정이 찾아야 해!"

어디로 가야 하지? 일단 지훈이 오토바이를 타고 선정이가 다닌다는 학교 앞 스터디 카페로 달리기 시작했다. 황금빛 조명으로 밤하늘을 화려하게 물들인 글로리 빌딩 앞을 막 지날 때쯤 요란한 사이렌 소리와 함께 구급차 한 대가 신호를 무시하고 질주해 나갔다. 화양구의 밤하늘을 잠시간 굉음으로 가득 채운 사이렌 소리는 긴 꼬리를 물고 멀어져 갔지만, 쿵! 돌덩이처럼 마음에 내려앉은 그 무엇. 환청 같은 사이렌 소리가 엄마가 떠난 그날처럼, 사방에서 나를 포위해 오는 것 같았다.

곧이어 학교 단톡방과 SNS 알림이 일시에 정신없이 울려 대기 시작했다.

제발 30분만, 아니 단 10분만이라도 시간을 되돌릴 수는 없을까? 일상 속에 은밀하게 잠복하다가 방심한 사이 검은 아가리를 벌려 통째로 삶을 집어삼키는 시간의 폭력성. 선정이를 앗아 간 시간은 아무 일 없다는 듯 태연하게 흐르고 있었다.

선정이가 투신한 시간은 저녁 여덟 시경. 선정이 스마트폰이 감쪽같이 사라진 것 외엔 특이한 점이 없고, 구관 옥상과 연결된 계단을 선정이가 혼자 올라가는 모습이 CCTV에 남아 있어 사건은 빠르게 자살로 귀결되었다.

장례식장에서 만난 선정이 어머니는 넋이 반쯤 나간 표정으로 겨우겨우 선민 선배에게 몸을 의지하고 있었다. 시종일관 입을 꾹 다문 선정이 아버지에게선 그 어떤 감정도 느껴지지 않았다.

대한 의사 협회, 대한 가정 의학회, 한국대 의대 동문회, 공감 정신 건강 의학과…… 끝없이 도열한 대형 화환이 장례식장을 가득 채웠다. 의대 입시 레이스에서 튕겨

나간 선정이의 마지막 길에 이런 화환이 과연 어울리는
지. 선정이를 보내는 시간이 버석버석하게 마른 꽃길처
럼 느껴져 마음이 편치 않았다.

혹시나 상처를 더하게 될까 한참을 망설이다 선민 선
배에게 선정이가 남긴 편지 이야기를 꺼냈다. 기대와 달
리 선배의 답변은 명료했다.

"먼 길 간 녀석, 조용히 보내 주고 싶어. 내가 오피스
텔에 나가 있어서 몰랐는데, 선정이 작년 2학기부터 성
적이 떨어졌대. 불안감이 컸는지 정신과 상담을 받았더
라고. 아버지랑 다툼도 좀 있었지만, 대한민국 고등학생
중에 부모랑 갈등 없는 애가 어디 있겠어. 부모님께선 그
냥 시간이 지나면 나아지려니 생각하셨나 봐. 무너진 선
정이 마음을 잘 모르셨던 거지. 부모님이 많이 힘들어하
셔. 선정이가 남긴 뜬구름 잡는 얘기, 걔 마음이 아파서
그런 거니 신경 쓰지 마. 괜한 소문이 더해지는 거 선정
이도 원치 않을 거야."


*


개학일, 새 담임 쌤의 등장을 기다리며 창밖을 바라보
았다. 창문 너머로 아무 일 없었던 것처럼 말끔한 구관

옥상이 또렷하게 보였다. 아직도 믿기지 않는다. 누구보다 당차고 완벽했던 아이가 거짓말처럼 세상을 버렸다는 사실이.

"은호, 방가."

1학년 때 꽤 친했던 시온이가 눈인사를 하며 옆자리에 앉았다. 녀석은 책상 위에 대충 가방을 올려놓고 작은 스마트폰 화면에 빨려 들어갈 것처럼 시선을 고정했다.

"아이 씨, 개망했네. 아침부터 얼마를 꼬라박은 거야. 은호야, 이거 복구 어떻게 안 됨?"

입술을 잘근잘근 깨물며 짜증 섞인 목소리로 시온이가 말했다. 언제부터 녀석의 하얀 얼굴에 깊은 다크서클이 내려앉았는지, 스마트폰에 박힌 두 눈에서 감출 수 없는 초조함이 묻어났다.

수업 시간에만 꺼내지 않으면 스마트폰을 압수하지 않는 스마트폰 자율 학교라 그런지, 복도나 운동장 구석진 곳에서 온라인 도박에 빠진 무리를 쉽게 볼 수 있었다. 1학년 때만 해도 축구광이었던 시온이는 '바카라'를 하고 있었다. 카드 두 장에 적힌 숫자의 합이 9에 가까울수록 이기는 도박. 얼핏 보기엔 평범한 온라인 카드 게임처럼 보여 구분이 쉽지 않았다.

"은시온, 정신 차려. 이런 도박 사이트는 말이야. 회원이 아니 호구가 돈을 잃을 수밖에 없게 프로그램이 세팅돼 있어. 타짜 할아버지가 와도 탈탈 털린다고."

"아니거든. 방학 동안 승률 쩔었는데. 서일고, 터가 안 좋아. 그러니까 멀쩡하던 전교 1등이 자살하지."

시온이 말에 앞자리에 앉아 있던 동그란 안경을 낀 녀석이 뒤돌아보았다.

"선정이 전교 1등 아니래. 작년 2학기 기말고사 성적 나락 갔다던데? 공감 정신 의학과 단골이었다더라. 아빠는 의사, 오빠는 한국대 의대생. 어유, 생각만 해도 압박감 지린다."

"그럼 이제 서일고 전교 1등은 손지우인가? 한국대 의대 학교장 추천도 자동 손지우네."

"주선정이랑 손지우 라이벌 대결, 팝콘 각이었는데 이렇게 허무하게 끝날 줄이야."

사건이 터지고 일주일간 아이들은 SNS에서 실시간으로 선정이 사건의 경과를 주고받았다. 충격과 애도로 시작된 글은 고3의 무게, 대한민국 입시 지옥을 한탄하는 데서 시간이 갈수록 선정이의 가족 관계, 성적 비관, 병력 같은 신상 털기로 내용이 이동해 갔다. 제발 닥치고 애도만 하기가 그렇게 힘들까? 타인의 불행을 한순간의 가십거리로 소비하는 참을 수 없는 인간의 가벼움에 그동안 잊고 지냈던 불편한 감정이 스멀스멀 올라왔다.

곧이어 수학 과목을 맡고 있는 조끼 쌤이 교실 문을 열고 등장했다. 봄, 여름, 가을, 겨울 계절을 불문하고 검은색 조끼를 한결같이 착용해 붙은 별명이다. 아이들 표정에서 숨길 수 없는 실망감이 느껴졌다. 행특과 세특을 무한 복붙하기로 유명한 쌤이라 고3 생기부는 이제 망했다는 무언의 공감대였다.

"새삼 내 소개 필요 없지? 개학 전에 벌어진 안타까운 사고로 뒤숭숭하겠지만, 명복은 마음으로 빌고. 각자도생! 적자생존! 이게 고3의 국룰이다. 가슴속에 새기고 후회 없는 1년 보내길 바란다."

조끼 쌤의 당부대로 고3의 일상은 아무 일 없는 듯 흘러갔다. 3월 모의고사와 4월 중간고사 레이스를 앞둔 아이들은 다시 전열을 가다듬었다. 그렇게 선정이에 대한 기억은 조금씩 지워져 갔다. 안타깝지만 선정이가 보낸 편지에 나 역시 집착할 이유가 없어 보였다.

# 유령의 메시지

　4월의 끝자락, 교내 산책로에 만개했던 벚꽃은 중간고사 기간에 아쉬운 엔딩을 고했다. 대한민국 청소년에게 '벚꽃의 꽃말은 중간고사'라고 했던가. 마법의 눈송이가 흩날리는 벚꽃 길을 학생들은 문제집으로 불룩한 가방을 메고 무표정하게 오갔다.

　시험을 앞두고 대부분의 수업이 자습으로 대체되어 교실은 재채기마저 눈치 보이는 침묵 모드로 전환되었다. 모두 약속이라도 한 것처럼 책상 위에 문제집을 하나씩 펼쳐 놓고 묵언 수행의 매너를 지키는 지루한 날이 이어졌다.

　중간고사가 이틀 앞으로 다가온 날, 모든 긴장감을 일

시에 날려 버릴 황당한 사건이 발생했다.

"으악, 깜짝이야! 얘, 뭐야?"

수학 시간에 복도에서 탄성인지 비명인지 알 수 없는 외침이 들려왔다. 아이들의 호기심을 감지한 뒷자리 남자애가 재빨리 일어나 뒷문을 살짝 열고 복도를 내다보았다.

"대박! 미쳤다!"

감탄처럼 터져 나온 한마디에 반 아이들이 우르르 복도로 몰려 나갔다. 뒷문에 몸을 기댄 채 머리만 쑥 내민 나 역시 낮은 탄성을 내뱉었다.

한 남자아이가 복도 벽을 짚으며 위태롭게 걸어오고 있었다. 그런데 구경하는 아이들과 남자애 사이에 보이지 않는 결계라도 있는 것처럼 두 공간에 전혀 다른 시간이 흐르는 것 같았다. 구부정하게 살짝 앞으로 쏠린 상체, 한 발 한 발 천천히 걸음을 떼는 두 발이 상하좌우로 질서 없이 흔들렸다. 검은 야구 모자를 푹 눌러써서 누구인지 알 수 없었지만, 아무리 봐도 제정신이 아닌 듯싶었다.

"쟤 3학년 5반 정태경 맞지? 술 처먹고 학교에 나타나다니! 완전 상남자네!"

누군가는 박수를 치고, 누군가는 저러다 쓰러지는 거아니냐며 걱정했다.

"뭐야? 진짜 술 마신 거야? 너 이름이 뭐야?"

복도로 나온 조끼 쌤이 사태를 수습하기 시작했다.

"살다 살다 학교에 술 처먹고 오는 놈은 난생처음 보네. 거기 체육복 입은 남학생 둘, 멍청하게 서 있지 말고애 보건실로 데려가. 5반 반장은 담임 쌤한테 연락하고."

술에 취해 지각한 정태경은 교내 봉사 3일 처분을 받았다. 정태경의 황당 쇼로 분위기가 살짝 풀어졌던 교실은 중간고사를 치르는 동안 혼돈의 무법 지대가 되었다. 단 0.1점으로 갈리는 내신 등급 앞에 극도의 긴장 상태인 상위권, 일찌감치 정시러를 선언하고 내신 시험에 쿨한 중위권, 시험지를 받는 즉시 답안지에 테트리스 모형을 완성하고 곧바로 엎어져 잠을 청하는 하위권. 추구하는 것도, 목적도 전혀 다른 세 집단이 뒤섞여 20평 남짓한 교실에서 치르는 공정한(?) 시험. 일반고 고3 중간고사는 이런 혼란 속에서 내신 1등급부터 2등급 초반에 속한 학생들끼리 벌이는 치열한 접전이다.

*

　나의 중간고사 결과는 어느 정도 만족할 만했다. 답 없는 3월 모의고사 등급을 확인하고 수시에 승부를 걸어야 한다는 판단으로 중간고사 대비에 몰두했다. 그 결과 수학 만점을 받아 내신 상승 곡선을 만들어 냈다.

　보통 시험이 끝나면 지훈이와 PC방에 가곤 했는데, 녀석이 직업 위탁 학교로 튀어 버려 딱히 할 일이 없었다. 오랜만에 도서관이나 가 볼까? 선정이 사건 전까지 학교에서 가장 편했던 나의 아지트. 유리문을 열고 들어서자 사서 쌤이 다가와 덥석 손을 잡았다.

　"야! 차은호. 고3 되고 도서관에 아주 발길 끊은 줄 알았는데. 그래도 시험 끝났다고 얼굴 보여 주네. 역시 의리파야, 우리 은호."

　자그마한 체구와 달리 까랑까랑한 목소리가 인상적인 김효정 사서 쌤. 안정된 대기업을 때려치우고 책이 좋아 사서가 된 특이한 이력의 소유자다. 북태그 챌린지로 문화 상품권을 아낌없이 뿌리고, 토론 대회를 개최해 동아리 친구들의 생기부를 꽉꽉 채워 주는 열정 쌤이기도 하다.

　"도서관 저 없어도 쌩쌩 잘 돌아가죠?"

"잘 돌아가긴. 도서관이 무슨 집합 금지 구역인 줄 아는지, 올해는 유독 썰렁하네. 문상 대량 살포도 약발 안 먹혀."

선정이 사건 이후, 아이들은 이동 수업 시간 외에는 구관 출입을 꺼리는 분위기였다. 나 역시 스무고개 같은 질문으로 머리가 복잡해질까 봐 그동안 도서관에 오지 않았다.

엄마의 죽음과 내 행적, 어긋나 버린 단 몇 시간이 가져온 결과를 두고 세상은 끝없이 내게 질문했다. 그때 너는 어디 있었니, 철딱서니 없는 중2병 환자, 자살 유발자(子)……. 조금만 일찍 집에 갔더라면, 그대로 잠들지 않았다면. 만약에, 만약에, 만약에……. 어둠 너머 두 눈을 부릅뜨고 가장 집요하게 질문을 던지는 사람은 바로 나였다.

엄마의 바람이기도 했던 화이트 해커가 되기로 결심한 후, 삶과 죽음에 대한 꼬리에 꼬리를 무는 질문을 나는 당분간 마음의 상자 안에 넣어 두기로 했다. 언젠가 내가 답할 수 있는 나이가 되었을 때 열어 보리라 생각하면서. 어렵게 닫아 둔 상자가 선정이의 죽음과 함께 이리저리 나뒹굴며 마음 모서리를 긁는 걸 원치 않았다.

사서 쌤이 망고주스, 초코바, 쿠키, 소시지를 책상 위에 꺼내 놓았다. 도서관 봉사를 하는 아이들이 꺼내 먹도록 사서 쌤은 서랍 안에 항상 다양한 간식을 준비해 두었다.

"천하장사 소시지 좋아하지? 은호 오면 주려고 사 뒀지. 이거 먹으면서 한 시간만 도서관 좀 맡아 줘. 마침 달콤한 캐러멜마키아토가 당기던 참이었거든. 돌아오는 길에 은호 먹고 싶은 거 배달해 줄게."

"그럼 저는 딸바주스 사다 주세요."

쌤이 외출하고 서가에서 선정이가 대출한 『파우스트』가 반납되었는지 찾아보았다. 서가에 꽂힌 『파우스트』는 검은색 표지가 아니라 흰색 표지였다. 선정이가 대출했던 검은색 표지의 『파우스트』는 역시 반납되지 않은 것 같았다.

사서 쌤 자리에 앉아 『파우스트』를 대충 넘겨 보았다. 북태그 챌린지로 읽을 때도 도무지 적응이 힘들었던 시적인 문장과 비유. 역시나 다시 봐도 뭔 말인지 모르겠고 지루하다. 책날개에는 '독일의 대표 작가 괴테가 전 생애를 바쳐 집필한 인류의 위대한 유산'이라는 카피가 쓰여 있다. 출간된 지 200년이나 지난 골치 아픈 고전과 선정이의 죽음은 아무리 생각해 봐도 별다른 연관성이 없어 보였다. 장례식장에서 선민 선배가 했던 말처럼 선정이 마음이 많이 아팠는지도 모른다.

선정이가 나에게 보낸 편지에 칼로 반듯하게 잘라 동봉했던 『파우스트』의 문장이 있는 곳을 찾아보았다. 파우스트의 영혼이 천사들의 품에 안겨 천국으로 향하는 결말부였다. 선정이는 메피스토에게 영혼을 팔아넘기고 그레트헨을 파멸시킨 파우스트가 구원받는 것을 이해할 수 없다고 했다.

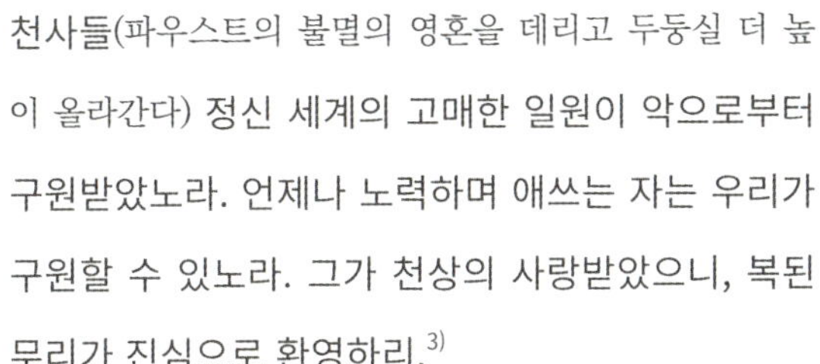

천사들(파우스트의 불멸의 영혼을 데리고 두둥실 더 높이 올라간다) 정신 세계의 고매한 일원이 악으로부터 구원받았노라. 언제나 노력하며 애쓰는 자는 우리가 구원할 수 있노라. 그가 천상의 사랑받았으니, 복된 무리가 진심으로 환영하리.[3]

노력하며 애쓰는 자는 구원을 받는다……, 노력하며 애쓰는 자는……. 타인의 삶을 파괴했다 할지라도, 노력

---

3) 『파우스트』, 요한 볼프강 폰 괴테, 김인순, 열린책들, 2009

하며 애쓰는 자는 구원을 받는 걸까? 만약 희생된 영혼이 절대로 그를 용서할 수 없다면? 절대자의 구원이란 지극히 일방적이고 편파적인 것이 아닐까?

사르륵, 사르륵. 어디선가 조용히 책장을 넘기는 소리가 들렸다. 살짝 열린 창문으로 들어온 부드러운 바람이 코끝에 느껴졌다. 거실 앉은뱅이책상에서 혼자 체스를 두던 어느 오후에도 이렇게 살랑이는 바람이 불었다. 은은한 꽃향기, 엄마의 체취가 담긴 바람 냄새. 그리고 식탁에 앉은 엄마가 책장을 넘기던 소리.

끼익, 도서관 유리문이 열리는 소리가 들렸다. 가지런한 단발머리, 핏기 없이 새하얀 얼굴, 무릎까지 오는 흰 원피스. 선정이다. 손을 들어 인사하려는 찰나, 선정이가 서가로 천천히 걸어가더니 사라져 버린다. 자리에서 일어나 선정이를 따라갔다. 흰 원피스 자락을 얼핏 보고 다가가면, 어느새 다른 서가에 그림자가 어른거린다. 다시 그림자를 따라 서가를 끼고 돌자, 서가 맨 위에 꽂힌 책을 빼려는 듯 손을 높이 뻗은 선정이가 천천히 고개를 돌려 나를 바라본다. 곧이어 입을 열어 무언가를 말하는데 아무런 소리도 들리지 않는다. 나를 한없이 슬픈 눈으로 바라보다 선정이가 가만히 두 눈을 감자 눈물 한 방울이 툭, 바닥에 떨어진다. 그 순간 내가 선 자리를 중심으로 서가들이 원을 그리며 서서히 움직이기 시작한다. 점점 빨라지는 회전 속도, 서가에 꽂힌 책들이 우르르 쏟아져 내릴 것처럼 앞뒤로 흔들린다. 현기증이 난다. 끼익, 갑자기 도서관 유리문이 저절로 열리더니 복도로 걸어가는 선정이의 야윈 맨다리가 보인다. 위험하다고 외치고 싶은데 나는 목소리를 잃은 사람처럼 아무 말도 할 수 없다.

선정아!

쥐어짜듯 몇 번이나 안간힘을 써 겨우 선정이의 이름을 부른다. 내 목소리를 들었는지 고개를 돌린 선정이가 희미하게 웃는다. 그러곤 다시 복도 끝 계단으로 걸어간다. 계단을 올라가면 옥상인데! 다급한 생각에 몸서리치다 풋잠에서 깨어났다.

책상 위에 펼쳐 둔 『파우스트』가 바람결에 사르륵 넘어갔다. 동시에 스마트폰 진동이 울리며 메시지 알림이 떴다. 마치 이 순간을 기다린 것처럼. 어디부터가 꿈이고 어디까지가 현실일까? 메시지 창을 열었다. 발신자는 바로 선정이였다!

# 메시지

---

벗꽃 피었니? 도서관 창가에서 내려다보는 우리 학교 벚꽃 길 참 좋았는데.

은호 너에겐 미안하지만, 유일하게 친밀감을 느낀 친구가 바로 너야. 살기 위해 하나씩 감추다 보니 어느 순간 내 삶은 비밀이 되어 버렸어. 죽음은 나답게 살기 위한 마지막 선택이고 전면전이야. 내 죽음을 어리석은 것으로 버려두지 말아 줘. 완벽한 모순에서 벗어나 안식하도록 도와줘.

www.yovtube.com/@dittoclinic

* 완벽한 모순은 현명한 자에게게나 어리석은 자에게나 똑같이 비밀스럽다.

---

하얀 벚꽃이 눈송이처럼 날리는 교내 산책로, 나무 테이블 위에 책을 올려 두고 오른손 검지와 중지로 V를 그린 선정이의 사진이 메시지와 함께 전송되었다. 사진 속 선정이는 싱그러운 봄을 머금은 듯 수줍게 미소 짓고 있었다. 떨어지는 벚꽃잎처럼 잔잔한 아픔이 서서히 가슴속에 퍼져 나갔다.

불시에 날아든 메시지, 정말 선정이가 보낸 걸까? 대체 무엇이 선정이에게서 환한 봄을 빼앗은 걸까? 비밀이 되어 버린 삶, 이게 무슨 뜻이지? 선정이가 보낸 메시지는 악성 코드보다 난해했다.

"돌팔이!"

골똘히 메시지를 바라보다 맨 끝에 적힌 링크가 눈에 들어오는 순간, 자동 반사처럼 혼잣말이 튀어나왔다. 중학교 시절 여린 내 멘털을 탈탈 털어 대던 지긋지긋한 유튜브 채널, '손동호의 공감 정신 의학과'가 왜 여기서 나오지? 내 정신 건강을 지키기 위해 의식적으로 외면해 온 채널. 머리 오른쪽에서부터 지끈지끈한 편두통이 거부 반응으로 나타났다. 4년 전 엄마가 돌아가시고 나는 불면증 때문에 손동호에게 상담을 받았다. 당시 구독자 20만이 넘었던 자신의 채널에 손동호가 허락도 없이 올린 개소리는 내 뒷덜미를 낚아채 대롱대롱 허공에 매달았다. 왜 하필이면 선정이는 그 인간이 운영하는 유튜브 채널 링크를 보낸 걸까? 깊은 거부감으로 망설이는데 유리문이 열리는 소리가 들렸다. 깜짝 놀라 나도 모르게 링크를 눌러 버렸다.

"은호야, 고마워. 시원한 딸바주스 여기!"

사서 쌤은 곱게 갈린 얼음과 연분홍 딸기 과육이 가득한 주스를 책상 위에 올려놓고 창가로 향했다.

"창문이 언제 열렸지? 오전에 환기하고 분명히 닫아 뒀는데. 오늘 바람이 찬데 쌀쌀하지 않았어?"

나의 시선은 손동호의 채널에 올라온 최신 동영상 썸네일에 고정되었다. 망망대해로 추락하는 그리스 신화의 이카로스 그림과 함께 '빨간 약의 비극 – 전교 1등 여학생의 죽음'이란 제목이 쓰여 있었다.

"뭐야? 미친!"

"왜, 무슨 일 있어?"

어느새 다가온 사서 쌤이 내 스마트폰을 내려다보았다.

"아니에요, 아빠 편의점 일 도와드리기로 해서 그만 갈게요."

"그래, 도서관 자주 놀러 와!"

"네."

"이거 가져가야지!"

후다닥 스마트폰을 주머니에 넣고 일어서는 나에게 사서 쌤이 딸바주스를 건넸다.

도서관을 나와 계단을 뛰어 내려가는 동안 육두문자가 정신없이 튀어나왔다.

'선정이 공감 정신 의학과 단골이었다더라.'

개학 첫날 누군가 던진 말이 떠올랐다.

조금 전에 본 동영상은 선정이를 저격한 것이 분명하다. 사람은 고쳐 쓰는 게 아니라더니 역시 손동호가 손동호 하는구나.

선정이가 떠난 밤, 아니 엄마를 잃은 그날에도 공포를 뿌리던 구급차 사이렌 소리가 사방에서 들려오는 것 같았다. 발작에 가까운 굉음이 머리를 후려쳐 순간 계단에 주저앉았다. 숨소리가 거칠어지고 온몸에 식은땀이 흘렀다.

# 빨간 약의 비밀

"은호야, 차은호! 밥 먹어!"

지훈이가 방문을 두드리며 나를 깨우는 소리에 잠에서 깨어났다. 방문을 열고 나가자 검은 앞치마를 허리에 동여맨 지훈이가 식탁으로 음식을 나르고 있었다. 미나리를 듬뿍 넣은 아귀맑은탕과 빨강 노랑 파프리카로 색감을 살린 푸짐한 불고기. 이미 식탁에 앉아 아귀맑은탕 국물을 원샷한 아빠는 이건 맑은탕이 아니라 '감동의 도가니탕'이라고 극찬했다. 식탁에 앉자 지훈이가 내 앞으로 불고기를 담은 접시를 밀어 주었다.

"교복도 안 갈아입고 잠든 거야? 오, 중간고사 완전히 하얗게 불태운 모양이네."

50

멍하게 식탁을 바라보니 냄비 속 아귀가 나를 향해 검은 입을 쩍 벌리고 있다.

죽음 너머, 아득한 심연을 가로질러 내게 온 메시지. 그 아이에게 답장할 방법이 없을까? 꼬리에 꼬리를 무는 생각에 마음속 상자가 우르르 소리를 내며 흔들렸다.

"숟가락 들고 뭘 그렇게 한참 째려봐? 생선 대가리 처음 보냐? 같이 넣고 우려야 제맛이 나는 거 모르지?"

"나 아귀탕 안 좋아해. 매운 아귀찜이면 모를까."

이게 아닌데, 뜬금없이 지훈이에게 볼멘소리를 해 버렸다. 아빠가 숟가락으로 내 뒤통수를 가격했다. 닥치고 처먹으라는 표정이다. 도무지 입맛이 없어 숟가락을 내려놓고 일어섰다.

"뭐야, 밥 안 먹어? 지훈이가 너 중간고사 끝났다고 부러 준비했는데?"

"낮에 과식해서 더부룩해요. 게임 보안 테스트 기간도 얼마 안 남았고요. 다락방에 있을게요. 맛있게 드세요."

우리가 사는 빌라 3층에는 천장이 삼각형인 작은 다락방이 있다. 방문을 열고 나가면 옥상으로 이어지는 공간이다. 내가 게임에 미쳐 있던 중학교 1학년, 엄마는 차라리 집에서 게임을 하라며 최신 PC와 스피커, 게임용 키

보드와 마우스를 풀 세트로 이곳에 세팅해 주었다.

무언가에 쫓기는 것처럼 불편하고 초조했다. 프로젝트 매니저님과 보안 테스트를 완료하기로 약속한 날짜가 가까워진 탓인지, 선정이의 메시지 때문인지 나도 내 마음을 알 수 없었다. 노트북을 켜고 〈판데모니움〉 오프닝 영상을 재생했다. 컴컴한 어둠 속, 악마의 긴 날개가 방 안까지 펼쳐지는 것처럼 모니터에서 쏟아지는 빛이 사방으로 퍼져 나갔다.

젠장! 집중이 되지 않는다. 동그란 무테안경 너머 웃는지, 찡그리는지 도무지 감을 잡을 수 없는 손동호의 기묘한 얼굴과 도서관에서 받은 선정이의 메시지가 계속 오버랩되었다. 짜증이 제대로 밀려오는 순간, 노크도 없이 들어온 지훈이가 하얀 치즈에 김 가루까지 푸짐하게 올린 불고기덮밥을 책상 위에 올려놓았다.

"눈송이가 내려앉은 불고기덮밥, 비주얼 끝내주지?"

"누군 내신에 정시까지 챙기느라 똥줄 타는데 셰프님은 딴 세상에 사는구나."

"식기 전에 먹기나 해. 다락방에 짱박히면 얼씬도 못할 줄 알았냐? 너 말없이 멍때릴 때 머릿속 무지 복잡한 거 다 알거든."

"하여간 비밀이 없어."

불고기 러버인 나를 위해 지훈이가 만든 요리. 진짜 눈송이 같은 치즈와 함께 떠먹으니 천국의 맛이었다. 악성 바이러스에 감염된 것처럼 비실비실하던 몸에 조금씩 에너지가 채워지는 느낌이 들었다.

"뭔데? 무슨 일 있지?"

"판도라의 상자가 배송되면 개봉할래, 무시할래?"

"당연히 개봉한다."

"열면 빡치는 현실이 덤벼든대도?"

"첫째, 인생에 찾아온 문제는 피할 수 없다. 둘째, 어차피 '희망'은 상자 안에 있다. 결국 문제의 해결책도 상자 안에 있다는 거지. 셋째, 차은호에겐 언제든 SOS를 칠 수 있는 친구가 있다. 어때?"

뭔가 아리송했지만, 지훈이의 논리가 설득력 있게 다가왔다.

잠시 후 지훈이는 밥 한 톨 남김없이 싹 비운 그릇을 들고, 배달 알바를 뛰어야 할 시간이라며 나갔다.

한참을 고민하다가 나는 손동호의 공감 정신 의학과 유튜브 채널에 접속해 보았다. 어느새 구독자는 42만 명. 전혀 반갑지 않은 그의 면상을 보자 머릿속에서 경고

등이 깜박인다. 4년 전 나를 '자살 유발자(子)'로 낙인찍
어 버린 동영상 '중2병 때문에 엄마가 죽을 수도 있다고
요?'도 여전히 이 채널 안에 있을 것이다.

　도서관에서 선정이의 메시지를 받고 바로 링크를 클
릭하지 못한 건 두려움 때문이었다. 외면하고 덮어 버리
면 손동호 그 인간과 다시 엮이는 일이 없을 줄 알았다.
하지만 자기 죽음을 어리석은 것으로 내버려두지 말라는
선정이의 부탁을 외면할 자신이 없다. 크게 심호흡을 한
번 하고 '빨간 약의 비극 - 전교 1등 여학생의 죽음'을
클릭했다.

## 공감 닥터-\/\/- 손동호

　공감 구독자님들, 안녕하세요. 공감 닥터 손동호입니
다. 오늘은 참 무거운 이야기를 하려고 합니다. 많이 고
민했지만, 정신 건강 의학과 전문의로서 의료용 마약의
위험성을 다시 한번 널리 알려야 한다는 사명감으로 영
상을 제작했습니다. 오늘 영상은 작년 가을 의료용 마약
의 위험성을 다룬 '이카로스의 꺾인 날개 - 빨간 약의 비

밀'의 후속 편입니다. 많은 분이 그 영상을 보고 걱정과 안타까움을 표현해 주셨죠. 혹시 전편을 못 보신 분들을 위해 댓글 창에 링크를 걸어 두었습니다.

몇 해 전부터 ADHD 약, 일명 빨간 약이 집중력을 높인다는 소문이 학군지에 쫙 퍼지면서 많은 학부모님께서 ADHD 약을 구하느라 난리입니다. 심지어 처방전도 없이 인터넷에서 약이 거래되기도 하죠.

얼마 전 대치동 학원가에서 정체를 알 수 없는 시음회가 열렸습니다. 집중력을 높이는 음료라는 말에 속아 학생들이 필로폰을 복용한 사건이었죠. 그런데 왜 학생들은 거부감 없이 그 음료를 받아 마셨을까요? 집중력을 높이는 약이 대치동을 오가는 학생들에게 너무나 익숙했기 때문입니다.

지난 영상에서 강조한 것처럼 ADHD 약에 든 메틸페니데이트는 향정신성 의약품 중 두 번째로 높은 등급에 속합니다. 장기 복용 시 우울증, 환각 같은 심각한 부작용이 뒤따를 수 있습니다. 의료용이라고 해도 엄연한 '마약'이라는 점에 주의해야 합니다. 절대 함부로 복용해서는 안 된다는 뜻이죠.

경기도에 있는 한 고등학교의 전교 1등 여학생 역시 ADHD 약을 무단으로 장기 복용했고, 책을 펼치면 글씨가 부분 부분 보이지 않는 이상 증상이 나타났습니다. 여학생을 이런 위험에 노출한 사람은 아버지였는데, 놀랍게도 아버지의 직업은 의사였습니다. 얼마 전 안타깝게도 그 여학생이 극단적인 선택을 했다는 이야기를 전해 들었습니다. 정신 건강 의학과 의사로서 가슴이 아프고 책임감을 느낍니다. 의료용 마약인 ADHD 약, 절대 함부로 복용해서는 안 됩니다. 대한민국의 치열한 입시가 청소년을 삼키고 있습니다. 공감 구독자님들, 자녀를 사랑한다면 빨간 약의 유혹에 빠지지 마시길 간곡히 부탁드립니다.

한마디 양해도 구하지 않고 내 이야기를 담은 영상을 유포할 때도 딱 저랬다. 구구절절 찐으로 염려하는 척하면서 영혼을 골로 보내 버리는 익숙한 패턴과 화법! '전교 1등', '죽음', '비극' 같은 자극적인 단어로 대놓고 낚

시질하기! 직업이 의사인지 유튜버인지 헷갈린다. 해당 영상은 조회 수가 이미 7만 회를 넘기며 많은 댓글이 올라오고 있었다.

@나야나
영상에서 말한 전교 1등, 서X고 S양임. 틀릴 시 반박 안 받음.

@눈을감자
새 학기 앞두고 학교 옥상에서 떨어졌다는? 그럼, S양 마약 때문에 죽은 거? 대박 사건!

@바나나우유
연예인 자살도 마약이 원인인 경우가 많아요.

@다크데이
작년 가을에 손 원장님이 올린 영상 추천. S양 부모가 그 영상 보고 반성했다면 이런 비극은 없었을 텐데……

손동호가 전편이라며 친절하게 링크를 걸어 둔, '이카로스의 꺾인 날개 - 빨간 약의 비밀'을 클릭했다. 조회수 90만을 가뿐히 넘긴 영상에서 손동호는 빨간 약을 복용한 여학생의 아버지가 지역 사회에서 존경받는 의사이며 오빠는 수능 만점으로 H대 의대에 합격한 수재라고 설명했다. 실명만 밝히지 않았을 뿐 선정이의 가족 관계가 그대로 노출된 것이다. 빨간 약을 장기 복용해서 약물 중독이 된 여학생을 걱정하면서 손동호는 의료용 마약이 얼마나 위험한지 힘주어 말했다.

최악의 빌런! 화양구에 사는 많은 사람이 저 이야기의 주인공이 선정이란 걸 쉽게 유추할 텐데. 500개가 넘는 댓글 중 윗줄을 차지한 인기 댓글을 보는 순간, 뜨거운 불덩이가 가슴속에서 치밀어 올랐다.

@나야나
'빨간 약의 비밀'이 결국 '빨간 약의 비극'이 됐군요.

@국뽕코리아
의사 아빠가 딸한테 마약을 먹여 가며 노예처럼 공부시켰다는 괴기담. 끔찍하다.

@내일은의대생
약 먹고 1등 한 게 공정해? 세상 미쳤다. 약쟁이 S양
대답 좀 부탁해.

@조선의고모
근데 S양 누구? 궁금해 뒈질 듯.

@바나나우유
아빠가 의사, 오빠도 H대 의대! 뻔하죠. 서X고 전교
1등. 약쟁이가 학종으로 의대 가도 되나? 학교에선
이 사실을 알고 있는지…….

도무지 잠들 수 없는 긴긴밤, 컴컴한 방에 오도카니 앉
아 댓글을 읽고 또 읽었을 선정이의 모습이 떠올랐다. 마
치 내가 그랬던 것처럼. 피할 틈도 없이, 표창처럼 날아
와 가슴에 촘촘히 박히던 악성 댓글들. 당시 나는 해명할
기회도 용기도 없었다. 존재를 드러내는 순간, 더 크게
이슈화되고 날 선 질문이 융단 폭격처럼 쏟아질 게 뻔했
으니까.

정말 선정이가 약물 중독이었을까? 북태그 동아리에서 활동하며 보았던 선정이는 항상 흐트러짐이 없었다. 도서관에서 마지막으로 보았던 날도 눈빛만큼은 날카로웠다. 아주 작은 일도 뻥튀기하는 데 타고난 손동호를 온전히 믿기 힘들다.

그의 주장대로 선정이가 약물 중독으로 힘든 시간을 보낸 게 사실이라면, 더더욱 유튜브에 환자의 신상을 노출하며 멋대로 떠드는 일은 하지 말았어야 한다. 확실한 건 선정이에게 끔찍한 사이버 테러가 있었다는 사실. 증거로 영상과 댓글을 모두 저장해야겠다는 생각이 들었다. 댓글을 최신순으로 정렬한 순간, 익숙한 아이디가 눈에 들어왔다.

> @nabi
> 바나나 없는 바나나우유 같은 거짓말. 그러나 진실의 문은 이곳에서 열린다. 완벽한 모순은 현명한 자에게나 어리석은 자에게나 똑같이 비밀스럽다.

'nabi'는 북태그 동아리에서 선정이가 사용하던 아이디다. 선정이는 손동호가 떠들어 대는 이야기가 바나나우유 같은 거짓말이라고 말하고 있다. 역시 약물 중독 따위는 손동호의 자작극임이 틀림없다. 선정이가 남긴 댓글의 숨은 의미를 파악할 수 있는 사람은 손동호의 민낯을 잘 아는 나밖에 없다. 선정이는 나와 손동호의 악연을 알고 있었을까? 그래서 자신의 억울한 죽음의 비밀을 풀어 줄 사람으로 나를 지목한 걸까?

'은호야, 약속한 대로 내 얘기를 들어 줘. 그리고 나를 지워 줘. 부탁해.'

선정이의 마지막 편지가 음성 지원이 되어 귓가에 맴돌았다. 나도 모르게 4년 전 손동호가 내 이야기를 올린 영상, '중2병 때문에 엄마가 죽을 수도 있다고요?'를 클릭했다. 선정이의 댓글이 그곳에도 있었다!

@nabi
어쩌면 나와 비슷한 상처를 가진 너. 헛소리에 주눅 들지 마. 수북한 낙엽으로 덮어 둘 수밖에 없는 고통을 이겨 내고, 꿈을 향해 달리는 네 모습을 엄마는 기뻐하고 계셔. 너의 빛나는 다음 장면을 응원할게.

툭. 책상 위로 눈물 한 방울이 떨어졌다. 선정이의 댓글이 은은하게 빛나며 마음속에 스며들었다. 어쩌면 선정이도 따뜻하게 마음을 다독여 줄 단 한 사람을 찾고 있었는지 모른다. 약속대로 네 이야기에 귀 기울여 볼게. 선정이가 남긴 댓글을 저장했다.

이제 진실의 문을 열기 위해 손동호를 만나야 한다.

*

30년 된 상가 건물 2층 구석에서 시작한 공감 정신 건강 의학과는 손동호의 방송 출연과 함께 유명해지더니 잘나가는 개인 병원이 모인 M타워 빌딩 5층으로 이전했다.

나는 마지막 예약 시간인 밤 여덟 시로 진료를 예약하고 방문했다. 어두침침한 상가 구석에서 작은 안내 데스크와 진료실로 겨우 구색만 갖추었던 과거와 비교하면 병원은 몰라보게 달라져 있었다. 중앙에 널찍한 원목 테이블을 두고 캡슐 커피 머신을 갖춘 진료 대기실은 안락한 카페 같았다. 잦은 방송 출연과 구독자가 많은 유튜브 채널의 위력을 실감했다. 대기실 한쪽 벽면을 가득 채운 대형 모니터에선 손동호가 출연한 방송이 재생되고 있었다. 하얗고 반질반질한 그의 얼굴을 보며 다짐했다. 더이상 주눅 들지 말자. 바지 주머니에서 USB를 꺼내 손바닥 위에 올려놓고 주먹을 꽉 쥐었다. 혹시 몰라 원격 제어 해킹 프로그램을 심어 둔 USB, 되도록 이 비밀 병기를 사용하는 일이 없길 바랐다.

"차은호 님, 진료실로 들어가세요."

아늑함을 강조하려고 낮춘 조도와 파란색 벽면 때문에 진료실은 마치 커다란 수족관 같았다. 손동호는 몇 년 전과 달라진 게 없었다. 윤기가 흐르는 반질반질한 얼굴, 가운 안에 받쳐 입은 검은색 반터틀넥, 동그란 무테안경은 깔끔하고 친절한 정신과 의사의 정석 코디처럼 완벽했다.

"은호 학생, 마지막 방문이 4년 전이네. 앳된 중학생이었는데 그새 청년이 다 됐어. 불면증은 좀 괜찮나?"

"날밤 새우는 일에 익숙해져서 불면증은 잊었어요. 그새 병원이 엄청나게 커졌네요."

"화양구 랜드마크 글로리 빌딩에 입성하려면 아직 멀었지. 오늘은 어떤 상담이 필요해서 찾아왔지?"

"친구한테 고민을 털어놨는데, 원본과는 전혀 다른 할리우드급 각색본이 퍼졌어요. 덕분에 저는 아주 막돼먹은 놈이 돼 버렸고요. 이런 빌런한테는 어떻게 대응해야 할까요?"

안경 너머 가로로 길어진 두 눈이 찬찬히 나를 주시했다. 모든 말에 공감한다는 듯 입가엔 미소를 머금고 있지만, 내담자의 말투, 표정, 눈빛, 숨소리까지도 빠르게 스캔하는 시선. 그리 멀지 않은 눈과 입에서 전혀 다른 감정이 느껴지는 손동호의 얼굴, 4년 전이나 지금이나 나는 그 기묘한 부조화가 불편했다.

"인생은 급발진하는 사람이 지는 게임이니까 일단 침착해야지."

"글쎄요. 정신과 의사가 환자 마음을 너무 모르시네. 당사자가 침착할 수 있을까요? 난 많이 억울하던데. 불면증 상담하러 왔다가 선생님이 아무 말 대잔치로 유튜브에서 내 얘길 지껄이는 바람에 덤으로 공황 장애까지 생길 뻔했거든요."

"은호 학생이 뭔가 오해한 듯해."

"그럴 리가요. 유튜브 채널에 환자 사생활을 마음대로 각색해 올리는 빌런! 마음대로 지껄여도 된다고 선정이가 동의했나요? 선생님이 한 짓, 사이버 모욕죄라고요."

"실명을 말한 적도, 그 아이라고 적시한 적도 없는데?"

"화양구 사람이라면 누구나 선정이 얘기인 거 알겠던데. 상담받던 애가 죽었어. 당신이 올린 동영상 때문에!

선정이 영혼이 얼마나 큰 상처를 받았을지 생각해 봤어?
댓글 수위 장난 아니던데. 판 깐 거 당신이잖아.”

“흥분하지 말고 들어. 의사인 내가 영상을 함부로 올
리겠어? 사생활 유출은 절대 안 되지. 특정 인물의 이야
기가 아니라 다양한 사례를 엮었다는 자막을 영상에 항
상 올려 두는데 꼼꼼히 보지 않은 모양이야. 법적으로 아
무 문제가 없어.”

“의사로서의 양심은요?”

“전혀 거리낄 게 없어. 그 영상 선정이 이야기가 맞지
만, 허위 사실은 아니야. 오히려 난 그 애를 보호하려고
한 거야. 그 애 아버지라는 작자로부터 말이야.”

손동호는 책상 서랍을 열더니 원통형 투명 플라스틱
상자를 하나 꺼내 내 쪽으로 굴려 보냈다. 상자 안에는
빨간 캡슐이 3분의 2 정도 차 있었다.

“문제가 된 빨간 약, ADHD 약이야. 선정이 아버지가
고1 때부터 이 약을 줬다는데, 참을 수 있으면 먹지 말고
가져오라고 했어. 약을 안 먹으면 불안하다길래 조금씩
줄여라도 보자고. ‘집중력 높이는 약’이라는 이름으로 몇
년 전부터 ADHD 약이 인기야. 주성분인 메틸페니데이
트는 일시적으로 도파민 농도를 높여 뇌를 강제로 활성

화하지. 잠시간 집중력을 높이지만, 몸이 강제 흥분 상태에 적응하면 점점 더 복용량을 늘려야 효과가 나타나. 식욕 부진, 소화 불량 같은 부작용은 흔하고 심하면 우울증이나 환각을 유발해. 메틸페니데이트는 의료용 마약이라 과다 처방하면 마약류 관리법에 의해 처벌받는 약이야. 그런데 선정이 아버지는 의사라는 직업을 이용해 자식을 망치고 있었어. 그놈의 성적 때문에 처방전도 없이 약을 먹인 거야!"

"그럼, 선정이 아버지가 처벌받아야지. 당신은 선정이를 약쟁이로 만들었어."

"정말 그럴까? 죽은 아이를 생각해서 이건 묻어 두려고 했는데, 탐정놀이를 끝내려면 어쩔 수 없겠군. 그 앤 멀쩡한 상태가 아니었어."

손동호가 노트북을 내 쪽으로 돌리더니 폴더에 저장된 사진을 클릭했다. 한 장 한 장 넘길 때마다 기괴한 사진이 화면을 가득 채웠다. 눈에서 피를 흘리는 인형 사진, 밤하늘을 뒤덮을 만큼 커다란 날개를 활짝 펴고 날아가는 악마의 사진. 그다음 사진은 기괴함을 넘어 공포스러웠다. 깎아지른 듯한 절벽에 나무 관 십여 개가 죽 매달린 사진이었다.

"Dissociative Identity Disorder, 해리성 정체 장애라고 들어 봤나? 다중 인격, 빙의라는 말도 자주 쓰이지. 특정 인격이 정신을 지배하면 그때 한 행동을 전혀 기억하지 못하는 게 특징이야. 선정이는 다운로드한 기억이 전혀 없는데 이런 사진이 자꾸만 스마트폰 앨범에 늘어난다는 거야. 이 현관장[4] 사진을 보여 줄 때 짓던 표정은 공포 그 자체였어."

비바람에 다 삭아 버린 나무 관이 절벽에 매달린 모습은 기이하고 오싹했다. 도대체 선정이에게 무슨 일이 있었던 걸까? 나는 얼빠진 사람처럼 멍하니 노트북을 바라보았다.

"선정이 아버지한테 전화로 경고했더니 곧바로 상담이 중단됐어. 영상을 업로드한 이유는 선정이 아버지가 각성하고 선정이를 다른 병원에라도 데려가길 바라서였어. 부작용이 심각해 보였거든."

설사 손동호 말이 사실이라 해도 그가 올린 영상은 끝없는 억측과 소문을 생산하는 끔찍한 박제일 뿐이다.

"구구절절 그럴듯해 동의할 뻔했지만, 댓글 폭격에 선

---

4) 중국 고대 소수 민족이 시체를 처리하던 방식.

정이가 무방비로 노출된 건 당신 책임입니다. 일말의 양심이라도 있다면 선정이 영상은 물론, 4년 전에 올린 제 영상까지 모두 삭제해 주세요.”

“왜 그래야 하지? 유튜브 방송이 심심풀이 말장난인 줄 알아? 정신 건강 의학과 전문의로서 사람들한테 도움을 주기 위해 사명감으로 하는 방송이야.”

상식적인 대화가 통하지 않는 궤변론자. 나는 최후통첩으로 해킹 프로그램을 심어 둔 USB를 손동호에게 내밀었다.

“파일 열어 보세요. 선정이가 저한테 보낸 메시지가 있습니다. 사이버 모욕죄 증거로 필요할 거 같아서 유튜브 영상이랑 댓글도 저장해 두었죠.”

노트북에 USB를 꽂고 파일을 여는 그의 눈빛에 긴장감이 스쳐 지나갔다. 그러나 이내 평정을 되찾은 듯 안경 코 받침을 올리며 비웃음 가득한 표정으로 나를 바라보았다.

“죽은 친구가 이런 메시지를 보내왔다고? 내 유튜브 채널 링크와 함께? 정말 오싹한걸? 은호 학생, 지금이 예전보다 더 상담이 필요한 상태 같아. 망상에서 빠져나오는 게 좋겠어.”

"역시 환자팔이로 돈 버는 게 당신 본업이야. 심각한 피해자가 생기는 건 안중에도 없지. 4년 전에도 똑같았어. 우리 엄마 죽음을 잘 알지도 못하면서 함부로 떠들었잖아!"

손동호는 아무 말 없이 빤히 나를 쳐다보며 희미한 미소를 지었다. 그러고는 천천히 동그란 안경을 벗고 두 팔로 책상을 짚으며 몸을 일으켜 나를 내려다보았다. 안경 뒤에 가려져 있던 싸늘한 눈빛을 마주하니 온몸에 소름이 돋았다. 푸른빛이 감도는 방 안, 거대한 물고기 같은 그의 얼굴이 일그러졌고 내 얼굴 위로 검푸른 그림자가 드리웠다. 그가 입술을 열어 파란 혓바닥을 날름거리자 얼음장 같은 냉기가 쏟아져 나왔다.

"은호, 아직도 죄책감 속에 살고 있구나. 생각할수록 미칠 거 같지? 너는 알고 있잖아. 네가 엄마 죽음에 트리거 역할을 했다는 걸. 진실이란 게 뭔지 알아? 사실이 무엇이든 다수의 믿음, 그게 바로 진실이야."

"……."

"내가 뭐라고 했지? 먼저 급발진하는 사람이 지는 거라니까. 앞으로 잊지 마! 그리고 무개념 헛소리 지껄일 거면 다신 오지 않는 게 좋을 거야."

# 엄마가 떠난 시간

바보처럼 도망치듯 병원을 나왔다. 인터넷에서 튀어나온 댓글들이 사각사각 내 영혼을 좀먹던 4년 전에도 나는 손동호 그 인간에게 한마디도 하지 못했다. 나는 무엇 때문에 손동호를 찾아간 걸까. 선정이 때문에? 엄마 때문에? 아니면 나 때문이었을까…….

어둠이 짙게 내려앉은 아스팔트 위에 서자, 땅속으로 꺼질 듯한 중력이 느껴졌다. 나는 다리에 힘이 풀려 그 자리에 주저앉고 말았다.

인간은 자신의 실수를 수천 번, 수만 번 자책하는 유일한 동물이다. 손동호가 한 말이 맞다. 그날 내가 일찍 귀가했더라면, 아니 늦게라도 괜찮으니 엄마의 상태를 확인했더라면……. 너무나 선명하게 멈춰 있는 시간. 현실이면서 환영 같은 시간 속에서 떠나지 못하는 나는 왜 엄마를 구하지 못했는지 스스로에게 매일같이 묻는다.

*

우리 가족의 일상은 평범했다. 스포츠 채널 카메라맨이었던 아빠와 초등학교 선생님이었던 엄마. 아빠는 3월 프로 야구 시범 경기가 시작되면 지방 출장으로 자주 집을 비웠고, 난 엄마와 둘이 지내는 시간이 많았다.

내가 중학교에 입학하던 해, 그 사건이 일어났다. 당시 나는 같은 반이 된 지훈이와 게임에 푹 빠져 PC방에 출석 도장을 찍고 있었다. 엄마는 초등학교 2학년 담임을 맡았는데 학기 초, 학생 K의 엄마가 아들이 뒷자리에 앉으면 집중력이 떨어진다면서 한사코 앞자리 배정을 요구했다. 맨 앞자리를 당당히 차지한 K는 수업 시간에 노래를 불렀고, 지적을 받으면 공책을 뜯어 종이비행기를 접어 날렸다. 급식으로 나온 우유를 번번이 교실 바닥에 쏟고는 엄마가 걸레로 바닥을 닦는 모습을 보며 킥킥댔다.

K 엄마의 요구는 끝이 없었다. K가 매주 수요일과 금요일에 검도 학원 버스를 타야 하니 정확한 시간에 하교

시켜 달라, 체중 관리를 하니 급식에서 튀김류는 빼 달라……. 만약 원하는 대로 되지 않으면 주말이든 새벽이든 엄마에게 메시지 폭탄을 전송했다.

사건은 하필이면 스승의 날에 터졌다. 엄마가 자리를 비운 쉬는 시간, K가 우유를 책상 위에 일부러 흘리는 모습을 옆자리에 앉은 아이가 지적하자 K는 그 아이의 뺨을 때렸다. 엄마는 K를 혼낸 뒤 뺨을 맞은 아이에게 사과하고 흘린 우유를 스스로 닦도록 했다. 다음 날, K의 엄마가 교장실을 화끈하게 뒤집어 놓았다. 선생이 친구들 앞에서 사과를 강요하고 걸레질을 시켜 K가 큰 충격과 상처를 받았다는 것이었다. 이뿐만 아니라 K는 뺨을 때린 게 아니라 팔을 휘젓다가 우연히 손끝이 친구의 뺨을 스친 것뿐이라는 신박한 주장을 펼쳤다.

발작에 가까운 K 엄마의 위세에 힘입어 뺨을 맞은 피해 학생은 존재하지만, 뺨을 때린 가해 학생은 사라졌다. 그리고 이 황당한 사건은 점점 담임인 엄마의 책임이 되어 갔다. 학교는 침묵하며 엄마에게 사건을 조속히 마무리하라는 부담을 주었다. 그럴수록 K 엄마는 전생의 원수라도 만난 듯 목소리를 높였다. '세금 까먹는 뻔뻔한 교사', '선생 자격이 없는 XX년' 같은 메시지 폭탄을 보내는 한편 아동 학대로 교육청에 민원을 넣고, 국민 신문고에도 부지런히 글을 올렸다.

교사를 천직으로 알고, 교실에서 아이들과 생활하는 시간을 가장 큰 행복으로 여기던 엄마는 결국 여름 방학 일주일 전 휴직계를 냈다. K 엄마는 교사로 절대 복귀할 수 없을 거라는, 진심을 담은 긴 악담 메시지를 보내왔다. 아빠는 엄마의 스마트폰에서 K 엄마의 번호를 차단했다. 비록 불명예스러운 퇴장이지만, 우리는 지긋지긋한 악연을 이제 끝낼 수 있으리라 생각하며 방심했다.

프로 야구 시즌이었지만 아빠는 휴가를 냈고, 여름 방학 동안 괌으로 가족여행을 다녀왔다. 에메랄드빛 바다를 하염없이 바라보며 하늘이 강제 휴가를 준 모양이라고 엄마는 즐거워했다. 하지만 일상으로 돌아오자, 아빠는 다시 지방 출장으로 눈코 뜰 새 없이 바빴고, 나 역시 친구들과 게임 대회 출전을 꿈꾸느라 엄마의 우울을 들여다보지 못했다.

설거지와 빨래가 쌓이고 키우던 허브가 하나둘 말라 죽었다. 엄마는 정신과 약을 먹지 않으면 잠들지 못했다. 안방 침대 협탁에 엄마가 복용하는 약이 점점 늘어났지만, 꼬박꼬박 정신과를 찾으며 우울증을 털어 내려고 노력하는 엄마 모습에 언젠간 좋아지리라 생각했다. 마음의 병도 감기처럼 시간이 지나면 낫는다는 엄마의 말을 믿었으니까.

그럭저럭 한 해가 지나고 스승의 날을 나흘 앞둔 주말, 사고가 터졌다. 아빠는 지방 출장 중이었고 나는 게임 지역 대회를 대비해 마지막 합을 맞춰 보느라 새벽까지 친구네 집에 있었다. 그날 밤, 엄마는 약물 과다 복용으로 세상을 떠났다.

삶은 어긋남의 연속, 미련한 후회의 반복일까? 엄마가 떠나고 나서야 나와 아빠는 집으로 돌아왔다. 사춘기 아들을 혼자 두고 장돌뱅이 같은 카메라맨의 삶을 지속할 수 없다고 생각한 아빠는 사직서를 내고 퇴직금을 정산받았다. 매출이 오르기 힘든 주택가 골목 안쪽에 편의점을 차린 이유는 집 가까운 데서 일하며 나를 돌보기 위해서였다. 엄마가 없는 집에서 나와 아빠는 여전히 엄마와 함께 산다. 유통 기한이 지난 편의점 음식을 진수성찬이라고 우기고, 수시로 편의점 알바 땜빵으로 나를 호출해 대는 아빠와 투닥거리면서 괜찮은 듯, 아무렇지 않은 듯. 가끔 마주치는 서로의 텅 빈 눈동자를 못 본 척하면서.

편의점 앞에 쌓아 둔 빈 박스를 정리하던 아빠가 담배를 꺼내 문다. 인적 없는 골목길은 조용하다. 한숨 같은 담배 연기를 내뱉으며 별 하나 없이 어두운 밤하늘을 멍하니 바라보는 아빠는 그림자마저 텅 비어 있는 것 같았다.

"차은호, 안 들어가고 뭐 해?"

편의점 반대편 담벼락에 멍하니 서 있는 나를 발견한 지훈이가 어깨를 툭 쳤다.

"어, 들어가야지. 너는 이 밤중에 왜 또 왔어?"

"아버지 일 거들 거 있나 해서. 근데 요새 왜 이렇게 비실비실해? 오랜만에 라이딩 내기 어때?"

"뜬금없이 이 밤에?"

"언제 우리가 밤낮 가렸냐? 달리자, 후련하게!"

지훈이가 없었다면, 그 지독한 우울에서 빠져나오지 못했을 거다. 엄마의 장례식장에서 꺽꺽대며 나보다 더 눈물을 쏟아 내던 녀석.

지훈이가 보육원에서 사는 걸 안 엄마는 현장 학습 가는 날이면 지훈이 도시락을 하나 더 챙겼고, 내 옷을 살 때도 지훈이 옷까지 하나 더 샀다. 크리스마스이브에 보육원 앞에 버려져 생일이 12월 24일인 지훈이를 위해 성

탄절에는 집에서 파자마 파티를 열어 주기도 했다. 엄마는 크리스마스이브에 태어난 지훈이가 동방 박사처럼 지혜로운 사람이 될 거라고 했다. 그때부터 지훈이는 게임 닉네임을 동방박사로 바꿨다.

엄마가 떠나고, 우리는 틈만 나면 자전거를 타고 달렸다. 장대비가 쏟아지는 여름 대낮에도, 플라타너스 낙엽이 수북한 가을에도 지훈이는 요동치는 감정으로 어찌할 줄 모르는 나를 집 밖으로 끌어냈다.

"굴다리 찍고 돌아오기, 아이스크림 내기다."

"콜!"

졸졸 흐르는 물소리와 함께 하는 라이딩. 천변을 달리며 만나는 한밤의 은은한 풍경이 내 영혼을 말갛게 닦아 주었다. 그렇게 한 시간을 달리고 나니 머릿속이 한결 가뿐했다.

라이딩 내기는 지훈이가 이겼다. 아이스크림의 근본은 콘이라고 주장하는 녀석의 취향대로 콘 아이스크림 두 개, 삼각김밥, 컵라면, 요구르트를 옥상 테이블에 그럴듯하게 플레이팅했다. 우리 집 옥상은 그늘막, 캠핑 의자, 접이식 테이블에 태양광 랜턴까지 갖춘 나름 '감성 캠핑 존'이다. 카메라맨으로 20년 넘게 전국 곳곳을 누비던 아빠는 편의점에 꼼짝없이 묶이자, 옥상을 꾸미는 취미로 무료함을 달래고 있다.

"끼니 또 건너뛴 거야? 누가 부자간 아니랄까 봐. 아버지도 맨날 밥 대신 술이다."

삼각김밥과 컵라면을 허겁지겁 먹는데 지훈이가 말했다. 지훈이 시선을 따라 테이블 아래를 슬쩍 보니, 누구와도 나누지 못한 외로운 시간들이 빈 소주병이 되어 나뒹굴고 있었다.

"내 말은 도통 안 들으시니까 네가 잔소리 좀 해 봐."

"실습하면서 만든 요리 열심히 포장해다 드리고 있어. 내가 한 음식은 잘 드시더라고."

"친아들보다 500배 낫네."

"요리엔 마음이 들어가야 진짜 맛이 난다는 거 어머니가 알려 주셨어. 중학교 1학년 때, 너랑 같이 PC방 가려고 너희 집에 갔는데 너랑 아버지가 운동화 사러 외출한 거야. 기다리기도 뭐해서 그냥 가려는데 어머니가 금방 올 거라고 들어오라고 하더니 크림스파게티를 만들어 주시더라. 미지근하게 식은 급식 스파게티랑 차원이 다른, 따뜻한 크림에 탱탱한 면발이 얼마나 맛있던지. 어머니가 세 번이나 리필해 주셨어. 그날 무슨 음식 좋아하냐고 물어보시더라. 불고기 좋아한다니까 은호 너도 좋아한다면서 한동안 자주 만들어 주셨지. 며칠 전에 만든 불고기 덮밥도 어머니 레시피 살짝 바꿔 본 거야. 어머니가 내 밥 위에 불고기 훨씬 많이 올려 주신 거, 몰랐지?"

"뭐야, 나 차별당한 거야?"

가만히 하늘을 올려다보았다. 조각배를 닮은 초승달이 까만 밤하늘을 유랑하듯 떠 있었고, 그 옆에 유난히 밝은 별 하나가 다정하게 빛났다.

"엄마 달이랑 꼬마 별 같지 않아? 예쁘다."

"어머니 얘기 괜히 꺼냈나? 요새 너 다운되어 있던데."

"나 아니면 우리 가족 아무 일 없이 행복했을 텐데. 가끔 미치게 궁금해. 엄마가 나를 용서했는지."

"은호야, 그건 사고였어. 판도라의 상자? 그거 때문이야? 요새 왜 그래?"

나는 지훈이에게 선정이가 보내온 메시지를 보여 주고 유튜브 영상 삭제를 요구하러 손동호를 만나러 갔다가 쫓기듯 도망쳐 나온 이야기를 들려주었다. 입을 꾹 다물고 심각한 표정으로 손동호가 올린 영상을 시청하던 지훈이는 마시던 요구르트병을 우지끈 구겨 버렸다.

"미친놈, 역대급 또라이네! 선정이 제정신 아니었겠

다. 예전에 네 영상 올리고 헛소리 지껄일 때는 실수인 줄 알았는데, 속았어. 공감 닥터가 아니라 공갈 닥터네.”

“판도라의 상자 열어 버린 거, 반은 너 때문이야. 인생에 찾아온 문제는 피할 수 없다며. SOS 치면 열 일 제치고 달려와 주기다.”

“콜! 선정이 메시지 좀 다시 봐 봐. 진짜 선정이가 보낸 건지 알 순 없지만, 손동호 채널 링크 딱 남겨 놓고 안식하게 도와 달라고 부탁하잖아. 선정이 메시지 봤으면 영상 당장 내려야지. 이건 선정이를 두 번 죽이는 거야.”

“나도 선정이도 박제된 거지. 반영구적으로. 막상 그 인간 얼굴 보니까 알겠더라고. 괜찮다고 믿었는데 그냥 도망치고 있었다는 거. 해결된 거 하나 없이 원점인 거. 흉터투성이인 채로 박제돼 세상에 전시된 느낌. 기분 더러워. 선정이도 많이 힘들었을 거야.”

“이런 빌런은 응징해야지. 쪼그라들면 놈이 원하는 대로 되는 거야.”

“일단 선정이 가족한테 알려야겠지?”

“선민 선배한테 문자 보내자. 고소하든 신고하든 가만있진 않겠지. 네 영상도 이참에 해결하고 완전히 털어 버리자. 빌런이 어떤 최후를 맞는지 제대로 보여 주는 거야!”

# 바나나우유의 정체

새벽 여섯 시, 다락방 책상에 엎드린 채 깜박 잠이 들었는데 지훈이에게서 전화가 걸려 왔다.

"차은호, 상의도 안 하고 폭탄부터 투하한 거야?"

"그게……, 설명하자면 복잡해. 이렇게 사건이 커질 줄 몰랐어."

"네티즌 수사대 대박이네. 일단은 지켜보자. 잘못한 놈이 벌을 받겠지. 넌 그냥 시치미 뚝 떼고 있어. 알겠지?"

뜻하지 않게 학교 홈페이지를 폭파한 건 나의 멍청한 헛발질이었다. 조금만 더 신중했다면 얼마나 좋았을까? 생각지도 못한 후폭풍에 뜬눈으로 밤을 지새웠다.

지훈이에게 모든 사실을 털어놓은 그날, 나는 선민 선배에게 바로 문자를 보냈다. 당장이라도 전화를 걸어 와 자초지종을 캐물을 줄 알았는데 선민 선배는 이틀이 지나도록 아무 연락도 하지 않았다. 왜 답이 없을까?

다락방에서 〈판데모니움〉 보안 테스트를 최종 점검하던 일요일 저녁, 혹시나 해서 메시지를 확인했다. 기다리던 메시지 대신 넥스트 프로젝트 매니저님이 보낸 메시지가 도착해 있었다.



온라인 카지노 게임 〈판데모니움〉은 지금까지와 전혀

다른 차원의 게임이었다. 실제 카지노에 입장한 것 같은 생생한 현장감이 느껴졌다. 현금 충전이 불가하고 오직 게임 머니만 사용해야 한다는 제한이 있지만, 전 세계 카지노 게임을 마음대로 골라 즐길 수 있어 한번 빠져들면 중독성이 대단할 것 같았다.

보안 테스트를 겨우 끝내고, 선민 선배에게 먼저 전화를 해 볼까 고민했다. 의대생은 실습과 시험으로 눈코 뜰 새 없다더니, 그래서 메시지 확인이 늦는 걸까? 결정을 내리지 못하고 망설이던 순간, 드디어 메시지가 도착했다.

다시 한번 당부하는데 동생 일에 더 이상 신경 쓰지 말아 줘. 의사인지 유튜버인지 모를 사람이 한심한 헛소리 떠들어 대는 거 물론 괘씸해. 하지만 이제 와서 동생이 살아 돌아오는 것도 아니잖아. 그런 유튜버는 고소가 일상이라 확실한 물증 없이 덤비다간 명예 훼손으로 역고소당해. 영상에서 말하는 여학생이 선정이라는 증거가 없잖아. 그리고 우리가 반응해서 세간에 화제가 되면 동생이 좋아할까? 몇 년 전 의료 기기를 무리하게 구입해서 재정적으로 아버지가 요새 많이 힘드셔. 조용히 있는 게 부모님과 죽은 선정이를 위한 일이야.

진짜 오빠가 맞나? 챗봇 같은 답변에 스팀이 확 올라오면서 심박수가 빠르게 상승했다. 손동호의 유튜브 채널을 확인해 보니 '빨간약의 비극- 전교 1등 여학생의 죽음' 영상의 조회 수가 그새 18만을 넘겼다. 젠장! 다수가 믿는 게 진실이라고 말했던 손동호. 이대로 두면 선정이는 불법 약물에 중독되어 자살한 안타까운 전교 1등으로 영구 박제되고 말 것이다. 다수가 믿는 거짓이 아닌, 진실을 증명할 무언가가 필요했다. 순간 손동호의 병원에 방문한 날, USB로 해킹 프로그램을 심어 놓은 그의 노트북이 생각났다. 제멋대로 떠벌리는 손동호를 제지할 무언가가 거기 있지 않을까? 나는 원격 제어 프로그램을 가동해 그의 노트북을 열었다. 그리고 수많은 파일을 검색하다가 손동호가 선정이에게 사이버 테러를 한 진짜 이유를 발견했다!

나는 'JEEWOO' 폴더에서 'N제'라고 적힌 신기한 파일을 발견했다. 파일에는 수학 고난도 문항 열 개가 들어 있었고, 그중 두 개는 이번 중간고사에 출제된 문제와 똑같았다. 수학 시험 시간에 마지막까지 끙끙대며 풀었던 킬러 문항이라 생생하게 기억났다. 혹시나 내 기억이 왜곡됐을까 싶어서 서일고 홈페이지에 게시된 중간고사 문제를 다시 확인해 보았다. 파일 저장일은 중간고사 한 달 전인 3월 25일. 왜 그의 폴더 안에 있는 수학 문제가 서일고 중간고사에 그대로 출제되었을까? 도대체 손동호가 무슨 일을 꾸미는지 더욱 궁금했다.

곰곰이 생각에 빠져드는데 손동호의 노트북 바탕화면이 눈에 들어왔다. 바나나우유를 두 손에 쥐고 활짝 웃고 있는 여자아이. 혹시? 노트북에 저장된 다른 사진을 찾아보았다. 역시! 코끝에 일부러 찍어 놓은 듯 선명한 점 때문에 더 도도해 보이는 아이. 바탕화면은 항상 근소한 차이로 선정이를 맹추격했던 서일고 전교 2등, 손지우의 어린 시절 사진이었다! 손지우의 아빠가 손동호였다니!

@바나나우유
아빠가 의사, 오빠도 H대 의대! 뻔하죠. 서X고 전교 1등. 약쟁이가 학종으로 의대 가도 되나? 학교에선 이 사실을 알고 있는지…….

@nabi
바나나 없는 바나나우유 같은 거짓말. 그러나 진실의 문은 이곳에서 열린다. 완벽한 모순은 현명한 자에게나 어리석은 자에게나 똑같이 비밀스럽다.

손동호의 유튜브 영상 댓글 중 선정이의 신상을 그대로 노출하며 약쟁이라 저격하던 아이디, 바나나우유. 선정이가 남긴 댓글에서 바나나우유는 손지우를 가리키는 단어였다. 자기 딸의 라이벌인 선정이에게 심리적 타격을 주려고 손동호는 일부러 사이버 테러를 가했구나. 선을 넘어도 완전히 넘어 버린 손동호의 파렴치한 행태에 나는 완전히 뚜껑이 열렸다.

징글징글한 손동호에게 사이버 테러를 맛보기로 선물하면 어떨까? 나는 손동호 노트북의 N제 파일, 서일고 중간고사 수학 시험 문제, 캡처한 노트북 바탕화면을 나란히 서일고 홈페이지 자유 게시판에 올렸다.

---

**서일고 자유 게시판**

### 요새는 학부모가 시험 문제 출제도 함?

바바리알  202x.xx.xx

서일고 친구들, 정말 궁금한 것이 있어. 우리 학교 학부모 노트북에 이런 수학 문제 파일이 있다면? 그런데 저장일이 3월 25일이라면? 이 파일 안에 든 수학 문제랑 이번 고3 중

유령 아이디로 가입하고, VPN으로 IP를 해외로 설정해 웬만한 추적을 따돌릴 수 있게 해 두었다. 맛보기 사이버 테러로 손동호가 걱정과 불안을 조금이라도 느낀다면 성공이라고 생각했다. 그런데 IT 강국인 대한민국에 해커 뺨을 후려칠 만한 능력자가 차고 넘친다는 사실을 간과했다. 마침 중간고사가 끝나고 교내 대회가 쏟아지는 시기라 학생들이 학교 홈페이지에 접속하는 일이 평소보다 많았다. 내가 쓴 게시물은 빛의 속도로 인터넷에 퍼져 나갔고, 네티즌 수사대가 된 학생들이 꼬리에 꼬리를 무는 댓글을 올리며 해당 학부모와 학생이 누구인지 밝혀내는 데 한 시간도 걸리지 않았다.

노트북 하단에 작업 표시줄 확대해 보시라. 누구 노트북인지 우리 집 댕댕이도 추리 가능할 지경!

공감 정신 건강 의학과 로고 똑똑히 보이네.

여기서 킬러 문제! 그렇다면 손동호와 손지우의 관계는?

손지우가 왜 여기서 나와! 손지우 밀어주기네. 부정 출제, 내신 조작 실화냐!

대치동 일타강사가 만든 문제를 누가 중간고사에 낸 걸까? 시험 문제 거래, 미친 거 아님?

예상보다 사건은 일파만파 커져 버렸고, 밤을 꼴딱 새우다시피 한 나는 조마조마한 마음으로 등교했다. 3학년 전체 학급에 오전 자습이 공지되자, 아이들은 중간고사 부정 출제를 두고 열띤 토론을 벌였다. 특히 내신에 매우

민감한, 공부 좀 하는 아이들은 이번 사건이 미치는 영향을 조목조목 파고들었다. 한 녀석은 '도미노 효과'를 예로 들면서 이번 중간고사 부정 출제가 자신의 명문대 입학을 좌절시키고, 별 볼 일 없는 직업을 전전하는 인생 낙오자로 만들 수 있다고 주장했다. 손가락 하나를 튕겨 쓰러트린 도미노는 자기보다 1.5배 큰 도미노를 쓰러트릴 힘을 갖는다고 한다. 5cm 도미노가 쓰러지기 시작하면 놀랍게도 스물세 번째에는 에펠 탑보다 큰 도미노가 쓰러지는 것이다. 그러니 중간고사 문제 두 개가 인생을 무너뜨리는 도미노가 되리라는 주장이 과장은 아닐 수도 있다.

점심시간이 지나고 수업은 정상적으로 진행되었지만, 모종의 지침이라도 있는지 선생님들은 일제히 부정 출제 의혹을 함구했다. 학교에 감도는 무거운 공기. 피해자인 학생의 분노와 의견은 철저히 배제된 채 학교 일과는 싱겁게 끝났다.

학교 도서관에서 수학 문제집을 꺼내 끄적이던 저녁 일곱 시, 드디어 학교 홈페이지에 공지가 올라왔다.

**중간고사 부정 출제 의혹에 관한 입장문**

운영자 202x.xx.xx

학부모님, 안녕하십니까. 인터넷에 떠도는 서일고 중간고사 부정 출제 의혹으로 근심을 안겨 드린 점 매우 송구합니다. 문제의 게시 글을 면밀히 검토해 본 결과, 아무 근거 없이 학교의 정상적인 교육 활동을 방해하는 음해성 게시물로 판명되었습니다. 본교의 중간고사는 교과 선생님이 3인 이상 참여해 출제 난이도와 오류를 중복 확인하고 있습니다. 유명 강사의 문제와 유사한 문제가 출제된 건 '고난도 문제의 트렌드화'에 따른 우연일 뿐입니다. 부정 출제는 교육자의 양심에 위배되는, 있을 수 없는 일입니다. 앞으로 문제 출제에 더욱 신중할 것을 약속드립니다. 또한 학부모님의 의구심 해소와 투명한 학사 운영을 위해 본교는 음해성 게시 글 작성자를 찾아 철저히 조사하겠습니다. 더워지는 날씨, 학부모님 가정의 건강과 평안을 기원합니다.

면밀히 사건을 검토한 결과가 게시 글 작성자를 찾아

내 책임을 묻는 것이라니! 진실 규명과 너무나 동떨어진, 교묘하게 문제의 본질을 벗어난 공지였다. 결국 칼끝은 나를 향하는 건가? 화가 나기보다는 허탈했다.

평정심을 잃고 미적분 문제를 더듬거리는데 누군가 전혀 예상치 못한 두 번째 폭탄을 자유 게시판에 투하했다.



**진상 규명을 요청합니다**



사교육 1번지, 대치동 유명 강사가 낸 문제와 똑같은 문제가 학교 시험에 출제된 일이 정말 우연일까요? 얄팍한 해명으로 이 사건을 덮을 수 있다고 생각하십니까? 지금 학교는 학부모의 노트북에 있던 문제가 어떻게 중간고사에 출제된 것인지, 명명백백히 밝혀야 합니다. 문제의 파일을 갖고 있었던 학부모가 누구인지, 부당하게 혜택을 받은 학생이 누구인지 다 밝혀진 마당에 손바닥으로 하늘을 가릴 수 있습니까? 사각 링처럼 치열한 내신 전쟁터에 공정성이 담보되지 않는다면, 학생의 땀과 열정을 기만하는 것입니다.

아이디 '학교를부탁해'의 놀라운 지원 사격! 내가 올린 글이 작은 파문이었다면, 학교를부탁해가 올린 글은 살아 있는 파도였다. 홈페이지 운영자가 일일이 다 삭제할 수 없을 만큼 많은 게시 글이 물결을 이루며 자유 게시판을 뒤덮었고, 지역 온라인 커뮤니티와 교육 관련 카페로 해당 게시 글이 빠르게 퍼져 나갔다. 다음 날, 서일고 중간고사 부정 출제 의혹을 다룬 기사가 인터넷 신문 몇 군데에 짧게 보도되었다.

기사가 나가고 손동호는 유튜브 채널을 비공개로 전환하더니 화양구 맘 카페가 비난 글로 시끄러워지자, 채널을 아예 폭파해 버렸다. 공감 정신 건강 의학과 홈페이지에는 미국에서 열리는 학회에 참석해 당분간 휴진한다는 공지가 올라왔다.

중간고사 부정 출제 사건이 불거지고 학교에 나타나지 않던 손지우도 이미 자퇴했다는 소식이 들렸다. 퇴학 처분 같은 최악의 상황을 미꾸라지처럼 빠져나간 것이다.

일주일 후, 북태그 동아리 단톡방에 말도 안 되는 글이 올라왔다.

김효정 사서 쌤 학교 그만두신대. 지금 짐 싸는 중.

나는 도서관을 향해 달리기 시작했다. 자유 게시판에 처음 글을 올린 건 난데, 누구보다 학생을 챙기던 김효정 쌤이 왜 이 사건을 책임져야 하지? 이건 정말 말도 안 되는 학교의 분풀이였다. 헉헉대며 도서관에 도착하니 이미 동아리 친구 몇 명과 선생님이 아쉬운 작별 인사를 나누고 있었다.

"쌤!"

속상하고, 당황스럽고, 참을 수 없는 화가 치밀었다. 복잡한 감정으로 일그러진 내 얼굴을 본 쌤이 동아리 친구들을 돌려보냈다.

"점심시간 다 끝나 가는데 뭐 하러 왔어. 그만 가 봐. 쌤이 여름 방학에 연락할 테니까 밥 한번 먹자."

"쌤, 죄송해요. 사실 학교 홈페이지에……."

"그만, 은호야. 말하지 않아도 돼. 어차피 기간제 계약이 끝나면 여행 가려고 했어. 우유니 사막에 가 보고 싶거든. 누구를 위해서 한 일이 아니라 나를 위해서 한 거야. 너희가 나를 쌤이라고 부르는데 입 다물고 있는 건 부끄러운 일이잖아. 내가 지킬 건 너희밖에 없어. 김효정 쌤 쪼금 멋있었다, 이렇게 기억해 주면 돼."

"……."

"멋진 화이트 해커가 돼. 항상 응원할게. 그런 의미에서 이거 너 다 가져!"

쌤이 책상 서랍을 열더니 천하장사 소시지 한 박스를 꺼내 내 품에 안겼다.

"쌤, 사랑하고 존경합니다."

"영영 이별하는 것도 아닌데 왜 이래. 방학 때 보자!"

아무렇지 않은 듯 가볍게 내 어깨를 두드리는 선생님의 눈가도 촉촉했다.

엄마를 잃고 살아 있는 한 지켜야 할 무언가가 있음을 깨달은 순간, 화이트 해커를 꿈꾸기 시작했다. 사이버 세상은 내게 안정감을 주었다. 어떤 공격 앞에서도 침착함을 잃지 않으면 재건할 수 있다는 믿음. 하지만 그건 사이버 세상에서나 통했을 뿐, 현실의 나는 또다시 경솔한 행동으로 소중한 사람을 떠나보내게 되었다.

이상하게 상황이 꼬였지만, 손동호의 유튜브 채널이 폭파된 것만큼은 정말 후련했다. 사람들의 시선에서 벗어나 숨을 공간이 필요하다던 선정이는 이제 편히 쉴 수 있을까? 어쩌면 나도 선정이 덕분에 막돼먹은 중2병 환자로 박제되었던 흑역사에서 해방됐는지도 모른다.

김효정 쌤을 떠나보내고 터덜터덜 집으로 돌아가는 길, 편의점 앞에 거의 다다랐을 때 발밑으로 바나나우유 빈 통이 나뒹굴었다. 우지끈, 바나나우유 통을 납작하게 밟으며 나를 응시하는 도도한 눈빛. 손지우였다.

"폭탄 터트린 거, 너지? 차은호."

손지우는 크로스 백에서 담배를 꺼내 불을 붙이고는 나를 골목으로 잡아끌었다.

"참 재밌어. 바나나우유를 좋아하는 초딩 입맛은 일찌감치 내다 버렸어야 했는데 말이야. 내 아빠인 그 인간, 찢어지게 가난한 집안에서 태어난 개룡남이라 감춰진 열등감이 장난 아니야. 어릴 때부터 모든 면에서 뛰어났던 내가 완전무결한 자부심이 되길 바랐지. 그런데 선정이가 나타나면서 내가 만년 2등이 되어 버린 거야. 대대로 의사 집안에 모든 걸 다 가진 다이아몬드 수저 선정이를

94

만나 스텝이 꼬여 버렸지."

먼 밤하늘을 올려다보는 손지우의 눈빛이 텅 비어 보였다.

"그래서 너희 아빠랑 2인 1조로 선정이 괴롭힌 거야?"

"난 아빠를 증오해. 하지만 필요할 땐 공범이 되기도 하는 게 가족 아니야? 내 인생 유일한 걸림돌, 지긋지긋한 주선정. 정신 차리고 보니 내가 악성 댓글을 달고 있더라고. 그 아비에 그 딸, 혐오스러운 스토리텔러들이지. 다음 주에 헝가리로 떠나. 의대 가서 면허 받고 유럽에 정착할 거야."

"변명하러 온 거야? 아니면 마지막 고해 성사?"

"고맙다는 말 하려고 왔어. 〈오징어 게임〉 같은 학교, 탈출이 목표였거든. 그리고 네가 선정이 죽음에 꽤나 관심이 많은 거 같아서 한 가지 알려 주려고. 걔가 자살까지 할 줄은 나도 정말 몰랐어. 내가 죄책감에 힘들어하니까 아빠가 알려 주더라. 선정인 악플 따위로 죽은 게 아니라고."

"그게 무슨 말이야?"

"궁금해? 너, 해커잖아. 선정이 스마트폰에 저장된 괴상한 사진들, 이상하단 생각 한 번도 안 해 봤어?"

2부 백도어의 침입자

# 메시지

---

12월 24일

[Web 발신]

너는 나를 보려고 간절히 빌었다.

내 목소리를 듣고, 내 얼굴을 보려고 했다.

네 영혼이 간절하게 소망했기에

내가 여기 온 것이다.

내가 먼저 유혹한 것이 아니라,

언제나 인간이 나를 욕망했다는 사실을 명심하길.

-메피스토

MMS 오전 03:15

---

# 미로 속으로

선정이도 밤마다 악몽에 시달렸을까? 손지우가 다녀가고 자주 같은 꿈을 꾼다.

비바람이 몰아치는 컴컴한 밤. 번개가 내리치면 끼익 하는 마찰음과 함께 절벽에 아슬아슬하게 매달린 나무 관이 모습을 드러낸다. 그리고 밤하늘을 다 덮을 듯 큰 날개를 펄럭이며 절벽 사이를 유유히 비행하는 악마가 싸늘한 미소를 짓는다.

밤마다 기괴한 사진들이 무질서하게 떠다니다 나의 불안한 꿈속으로 한 장 한 장 스며들었다.

가위눌림에서 벗어나 손동호의 노트북을 해킹했을 때 복사해 둔 폴더를 열어 본다. 그 안에는 선정이의 스마트폰에 있었다는 기괴한 사진들이 저장되어 있다. 눈에서 피를 흘리는 인형, 커다란 날개를 활짝 펴고 날아가는 악마, 절벽에 주르르 매달린 나무 관. 이 사진들의 공통점은 메타데이터가 깨끗하게 지워져 출처를 찾을 수 없다는 것이다.

'너, 해커잖아.'

머릿속에서 손지우가 남긴 한마디가 고장 난 녹음기처럼 끝없이 리플레이되었다. 왜 진작 생각하지 못했을까? 누군가 선정이의 스마트폰을 해킹했다는 걸. 누가, 왜 이런 끔찍한 사진을 선정이에게 전송했을까?

가까이 다가섰다고 생각했던 진실은 더 깊은 비밀 속으로 침잠해 버렸다. 사이버 테러로 선정이를 압박한, 숨은 가해자라고 생각했던 손동호. 그를 이 사건에서 지우고 나니 남은 건 달랑 기괴한 사진 몇 장과 선정이가 남긴 메시지뿐. 백도어로 잠입한 침입자에게 시스템이 무방비로 노출된 듯한 불안감을 느끼면서도, 무엇을 해야 할지 알 수 없었다.

*

안 그래도 눈코 뜰 새 없는 고3의 시간, 생각지도 못한 사건에 휘말리면서 시간이 2배속으로 흐른 것 같았다. 어느새 6월도 열흘밖에 남지 않았다.

"진짜 똥손이네. 예쁘게 발라 놓은 생크림 다 뭉개지 잖아!"

"아니, 그냥 과일만 올리면 된다면서! 시키는 대로 했는데 왜 딴지야."

"그러니까. 이 간단한 걸 못 하냐. 셰프가 시키는 대로 예쁘게 올려야지."

"무슨 예술 작품 만드냐? 어휴, 잔소리 대마왕 셰프!"

지훈이가 케이크 위에 올라간 과일을 다시 매만지는 사이, 나는 생크림이 잔뜩 묻은 스패철러로 녀석의 왼쪽 뺨을 공격했다. 지훈이는 뺨에 묻은 두툼한 생크림을 손바닥으로 쓱 닦아 확인하더니, 곧바로 반격에 나섰다. 나는 재빠르게 캠핑 의자에서 일어나 요리조리 도망치다 그만 그늘막 폴대에 부딪히며 넘어졌다. 폴대가 기우뚱하면서 쓰러지자, 나를 쫓던 지훈이도 그늘막과 함께 나뒹굴었다. 우리는 바닥에 주저앉아 웃음을 터트렸다.

"다 큰 놈들이 옥상에서 술래잡기하냐? 뭐가 그리 재밌어? 알전구 한번 켜 봐라. 아주 제대로야."

아까부터 편의점 앞 야외 테이블을 이리저리 옮기던

아빠가 옥상을 올려다보며 소리쳤다.

언제 설치했는지, 옥상 난간에 별 모양 전구가 빙 둘려 있었다. 불을 켜자 막 땅거미가 내려앉은 한적한 골목이 따뜻한 노란빛으로 물들었다.

"오, 아버님 센스 대박! 분위기 끝내준다. 케이크 인증 숏 한번 찍어야겠어."

내가 쓰러진 그늘막을 다시 세우는 동안 지훈이는 접이식 테이블 위에 케이크를 세팅했다.

내일은 부모님 결혼기념일이다. 엄마가 떠난 다음 해부터 결혼기념일이면 아빠는 홀로 야구장을 찾는다. 두 분을 이어 준 영화 같은 추억이 있는 곳. 지훈이는 야구장에 가는 아빠에게 케이크를 만들어 드리자고 제안했다. 아빠 엄마의 러브 스토리에 가장 잘 어울리는 선물 같다고. 지훈이가 생크림을, 나는 엄마가 좋아하던 망고를 준비해 세상에 하나뿐인 케이크를 만들었다.

"네 똥손이 케이크 귀퉁이 찌그러트린 거, 조명 덕분에 눈에 안 띄네. 망친 부분은 네 작품이라고 꼭 말씀드려라."

지훈이는 앉았다 일어섰다 위치를 바꿔 가며 케이크 사진을 여러 장 찍었다. 노란 조명 아래 망고를 잔뜩 올린 생크림케이크가 꿈처럼 달콤하고 상큼해 보였다.

지훈이가 사진을 다 찍고 스마트폰을 테이블 위에 내려놓는데, 손목에 못 보던 스마트워치를 차고 있었다. 흰색 스트랩에 빛나는 까만 본체가 아주 감각적인 스마트워치였다.

"오, 장지훈 웬일로 돈 좀 썼네? 스마트워치를 다 사고."

"어……, 받았어."

"누구한테?"

"우연히 도영이를 만났어. 열흘 전쯤에 야간 배달 나갔다가."

나를 바라보는 지훈이 표정에 난처함이 스쳤다.

"중3 때 강제 전학 갔던 강영진이 작년에 돌아오더니, 단짝 한도영도 컴백한 거야?"

"화양구 근처에 택지 개발 중인 기장동 있잖아. 아직 허허벌판이라 콜이 들어와도 라이더들이 잘 안 받거든. 근데 배달료가 만 원까지 뛰길래 가 봤더니 도영이가 거기서 스마트폰 매장을 하더라고. 양복 쫙 빼입고 딴사람 같더라. 사장이래. 너한테 안부 전해 달라고 했는데 깜박했어."

"난 1도 안 반갑다고 전해 줘. 강매당한 건 아니고?"

"아냐, 나한테 미안한 게 많다고 스마트폰을 하나 해 주고 싶다는 걸 거절하니까 워치라도 제발 받으라고 사정하더라. 배달할 때 유용할 거라고."

"미안하겠지. 네 게임 아이디 도용해서 계정 싹 팔아 먹고 튄 놈이니까."

"다 지난 일인데 뭐. 도영이 이제 사람 된 거 같아."

중학교 시절, 한도영과 강영진은 수시로 도난 사건과 학폭위의 주인공이 되었다. 두 녀석은 중3 때 후배들을 시켜 아이들의 돈을 갈취하다가 강제 전학 처분을 받았다. 지훈이와 같은 보육원 동기인 한도영은 그 무렵 보육원을 뛰쳐나가 잠적했다. 마스터 등급이었던 지훈이의 게임 아이디를 홀랑 팔아먹은 만행과 함께. 손동호가 내 이야기를 올린 유튜브 영상에 '자살 유발자(子)'라는 댓글을 달아 나를 조롱한 것도 한도영이었다. 한마디로 근처에 출몰했다는 소식이 전혀 반갑지 않은 녀석이다.

"자살 유발자, 스크래치가 아직도 쓰려서 한도영은 영원히 아웃이야. 사람 잘 안 바뀐다. 조심해."

"알았어. 공부는 잘돼? 곧 기말이다."

"나 때문에 사서 쌤 그만두신 게 영 불편해서 집중이 안 돼."

"사서 쌤한테는 정말 미안하지만, 손동호 유튜브 계정 폭파했으니 할 만큼 했어. 한번 꽂히면 끝장을 봐야 하는 네 성격, 강박이야. 내일 아침에 케이크 배달이나 잘해!"

죽은 선정이의 스마트폰은 어디로 사라진 걸까? 시스템의 비밀 통로로 해커가 마음대로 드나드는 걸 백도어 해킹이라고 한다. 시스템에 뚫린 개구멍. 누군가 선정이에게 기괴한 사진을 보냈다. 분명 침입자가 있는데 어떤 흔적도 정보도 찾을 수 없어 마음이 초조했다. 시도 때도 없이 떠오르는 의혹과 질문이 백도어의 침입자처럼 나의 일상을 흩트렸다.

*

다음 날, 편의점 카운터에서 태블릿으로 뉴스를 시청하는 아빠에게 케이크와 와인을 배달했다.

"아빠, 결혼기념일 축하해요. 이따가 야구장에 가져가시라고 지훈이랑 케이크 만들었어요."

"은호, 네가?"

"제가 한 건 생크림 바른 거밖에 없지만 같이 만든 건 팩트예요."

케이크 상자를 열어 보는 아빠의 눈가가 촉촉해졌다.

"야구장에서 맥주나 한잔하려고 했는데……. 망고로 만들었네. 엄마가 좋아하겠다. 우리 아들도 지훈이도 고맙네."

"야구 보러 온 엄마한테 케이크랑 와인을 깜짝선물했다면서요. 이거 드시면서 추억하는 시간 가지세요."

"네 엄마 그날 진짜 예뻤어. 일루석으로 카메라를 움직이는데 순간 렌즈에 무슨 문제가 생긴 줄 알았다니까. 주변이 다 아웃 포커스 되면서 네 엄마만 환하게 보이는 거야. 긴 생머리에 흰 원피스를 입었는데 방금 하늘에서 내려온 여신 같았지. 그대로 보내면 평생 후회할 거 같아서 구단 홍보 팀에 부탁했더니 케이크랑 와인을 준비해 줬어. 클리닝 타임에 곰돌이 마스코트가 엄마한테 배달했지. 깜짝 놀라는 표정이 얼마나 귀엽던지."

22년 전, 아빠는 깜짝선물을 받고 수줍게 미소 짓는 엄마의 모습을 카메라에 담아 두었다.

"에이, 엄마가 그 정도까지는 아니거든요."

"내가 영상으로 찍어 뒀다니까."

100번도 넘게 들은 아빠 엄마의 러브 스토리가 길어질 것 같아 인사를 하고 학교에 가려는데, 태블릿에서 나오는 충격적인 뉴스 자막에 시선이 고정되었다.

**강남 빌딩에서 10대 여학생 극단적 선택, SNS 생중계**

카메라가 서울 강남에 위치한 한 빌딩 옥상을 비추면서 기자의 설명이 이어졌다.

"끔찍한 일이 벌어진 서울 강남의 한 빌딩입니다. 어제 오후 다섯 시 반쯤 10대 여학생 A양이 이 빌딩에서 떨어져 숨졌습니다. A양은 그 과정을 SNS로 생중계했고, 30여 명의 시청자가 투신 과정을 실시간으로 지켜봤습니다. 한 시청자의 제보로 경찰이 현장에 출동했지만, A양의 투신을 막을 순 없었습니다. A양은 온라인 우울증 커뮤니티 '연주동 팸'에서 활동했던 것으로 밝혀졌습니다. MBS 뉴스, 김화식입니다."

쿵, 마음이 내려앉았다. 찰나의 시간이 아가리를 벌려 삼켜 버린, 또 하나의 안타까운 죽음. 그런데 환시였을까? 카메라가 빌딩 옥상에 떨어진 A양의 스마트폰을 비출 때 잿빛 하늘로 날아오르는 무언가를 본 듯했다.

"김화식 기자, 아빠가 다니던 방송국에서 10년 전에 MBS로 이직한 후배야. N번방 사건 때도 열일했지. 그나저나 정말 끔찍하네. 라이브로 자살 방송을 하다니. 너희 학교에서 벌어진 사건도 그렇고 요새 아이들 마음이 참 힘든 모양이야. 은호, 너도 힘든 게 있으면 말을 해야지,

혼자 끙끙거리면 안 된다. 알겠지?"

"학교 늦겠어요. 다녀오겠습니다."

편의점 앞에 세워 둔 자전거를 타고 학교로 출발했다. 이런 순간, 나와 아빠는 서로를 비추는 거울이다. 조금 전, 슬쩍 나의 표정을 살피는 아빠의 눈빛에서 숨길 수 없는 두려움이 묻어났다. 서로에게 유일한 가족, 둘 중 하나가 잘못되는 날엔 엄마를 보내고 겨우 지탱해 온 세상이 무너져 내릴지도 모른다는 공포.

잡념을 털어 내려고 페달을 열심히 밟았다. 속도를 높일수록 화양구의 익숙한 아침 풍경이 빠르게 의식의 외곽으로 물러났다.

갑자기 빌딩 사이로 검은 날개를 펼친 무언가가 나를 덮칠 듯 날아온다.

빵!

신경질적인 클랙슨 소리가 나를 현실로 소환했다. 정신을 차리고 보니 내가 탄 자전거가 버스 옆구리의 화려한 광고판에 거의 닿을 듯 멈춰 서 있었다. 색색 폭죽이 터지는 밤하늘 아래 에메랄드로 치장한 거대한 호텔, 호텔 위로 펼쳐진 검은 날개, 황금빛 초대장을 쥔 날렵한 손이 보였다.

**상상할 수 없는 몰입의 세계!**

**전 세계를 사로잡을 완벽한 게임의 도성!**

# <PANDEMONIUM>

**7월 1일 베타 버전 오픈, 사전 예약 시 입장 가능**

넥스트의 신작, 〈판데모니움〉 광고에 정통으로 부딪혀 지옥을 구경할 뻔했다.

"야! 미쳤어? 빨간불 안 보여? 뒈지고 싶어? 아무리 죽고 싶어도 남한테 민폐는 끼치지 말아야지!"

기사 아저씨가 창문을 열고 화를 쏟아부었지만, 머릿속을 둥둥 떠다니는 〈판데모니움〉 광고 이미지와 뒤섞여 소음처럼 흩어져 버렸다.

*

종례 시간, 조끼 쌤이 6월 모의고사 성적표를 배부하고 퇴장하자 학생들의 깊은 탄식과 셀프 디스가 터져 나왔다.

"와, 3월 모의고사보다 등급 개막장이네. 하면 된다고 누가 헛소리했냐? 해도 그냥 안 되는 거네."

"공부는 너 혼자만 했겠냐? 9월 모의고사 때 N수생 싹 들어와 봐라. 현역 개박살 나는 건 그때가 진짜야.”

나 역시 3월 모의고사보다 등급이 떨어졌다. 심란한 마음을 애써 접어 두고 도서관으로 향했다. 창가에 자리를 잡고 수학 문제집을 펼쳤다. 음악을 들으려고 가방 옆 주머니에 손을 넣는 순간, 하루 종일 지속된 혼란의 화룡점정인가? 에어팟이 사라졌다. 등교하고 내내 교실에 있었는데, 누가 가져간 걸까. 에어팟은 학원비를 아끼려고 주로 인강을 듣는 나를 위해 지훈이가 큰맘 먹고 사 준 선물이다. 안 그래도 점점 더워지는 여름 날씨에 힘든데, 짜증이 제대로 올라왔다.

작년 코드 게이트 해킹 대회에서 받은 네잎클로버 모양 위치 추적 키 링을 에어팟 케이스에 달아 둔 게 그나마 다행이었다. 내돈내산이 아니라 더 소중한 에어팟을 찾기 위해 뜻밖의 술래잡기를 하게 되었다. 나는 위치 추적 앱을 열었다.

그러나 도난범을 찾으면 끝이라고, 단순하게 생각한 술래잡기가 사실은 미로로 내딛는 한 걸음이었고, 그 미로에서 선정이를 찾아야 한다는 사실을 그때 나는 전혀 알지 못했다.

# 멋진 신세계

언제부터 내리기 시작했는지, 작은 빗방울이 도서관 창문을 조용히 두드리며 미끄러져 내렸다. 위치 추적 앱이 가리키는 장소는 학교, 지금 내가 있는 구관이었다. 특별 활동실, 동아리실, 과학실 같은 공간이 모여 있는 구관은 방과 후라 텅 비어 있었다.

한 층 한 층 훑어보다, 지하 1층 실내 체육관으로 내려가는 계단 앞에 섰다. 신관에 실내 체육관을 새로 만들어 지금은 창고로 이용하는 곳이다. 조금 전보다 강해진 빗소리 때문에 명확하진 않지만, 체육관 안에서 낮고 음침한 휘파람 소리가 들리는 것 같았다.

실내 체육관 문은 비스듬히 열려 있었다. 문을 밀고 들어서자 꿉꿉한 곰팡내가 확 느껴졌다. 어두운 실내, 검은 실루엣 하나가 농구대 그물망을 막 빠져나온 농구공을 재빠르게 받아 들고는 몸을 돌려 내가 선 입구를 바라보았다. 정지된 시간의 경계를 밟은 듯 꼼짝없이 서 있는 나를 향해 검은 실루엣이 성큼성큼 다가왔다.

머릿속에 빨간 경고등이 깜박였다. 결코 반갑지 않은 얼굴. 깔끔하게 다운 펌한 헤어스타일 때문에 못 알아볼 뻔했지만, 옆으로 길게 찢어진 뱀눈이 인상적인 강영진이었다. 중3 때 강제 전학 처분을 받고 한도영과 나란히 화양구를 떠났던 녀석은 지난해 나보다 한 학년 아래인 1학년으로 서일고에 전학을 왔다. 학년이 달라 마주칠 일이 없던 녀석을 인적 없는 구관 실내 체육관에서 만나다니, 젠장!

"오, 차은호. 오랜만이야. 우리 한때 겜방 패밀리였잖아. 내가 1년 꿇었으니 이제 선배라고 불러야 하나?"

웃고 있지만, 갑작스러운 나의 등장에 녀석은 꽤나 불편한 기색이다. 어정쩡하게 문에 기댄 나를 녀석이 은근히 밖으로 밀어내려는데, 어두컴컴한 무대 위 오른쪽 구석에서 광선 같은 푸른빛이 새어 나오는 걸 발견했다. 나의 시선이 그쪽으로 향하자, 녀석이 좀 더 힘을 주어 나

를 완전히 실내 체육관 밖으로 밀어냈다. 삐리릭, 도어
록이 잠겼다.

"여기 출입 제한 구역 아니야?"

"농구하러 가끔 와. 알잖아, 신관은 농구 동아리 애들
이 1년 365일 꽉 잡고 있는 거. 넌 무슨 일?"

"찾는 게 좀 있어서."

위치 추적 앱을 열어 '소리로 찾기' 버튼을 눌렀다. 삐
리리, 삐리리, 강영진이 오른쪽 어깨에 멘 검은 더플백
안에서 요란한 소리가 울렸다. 녀석은 당황하는 기색도
없이 입매를 비틀더니 어이없다는 듯 웃었다. 온 우주의
기운을 모아 짜증을 억누르는 표정이었다.

"내가 찾는 물건이 아마도 네 가방 속에 있는 거 같지?"

"그러게, 웃기지도 않는 시트콤이네."

강영진이 더플백 안에서 에어팟을 꺼내 순순히 건네주
었다. 도난범으로 딱 걸렸는데도 빙글빙글 웃는 얼굴이라
니, 못 본 새 뻔뻔함이 수십 배 업그레이드된 느낌이었다.

"야, 차은호. 해커가 됐다더니 제법이다. 근데 오해하
진 마. 나 이런 좀스러운 물건에 손댈 짬밥 아니거든."

"어찌 된 일인지는 경찰이 가려내겠지. 알잖아, 요새
에어팟 도난 사건 때문에 학교가 시끌시끌한 거."

"워워, 친구끼리 오해하면 섭섭하지. 난 오늘 3학년 형
님들 반 근처에 간 일이 없거든. 범인은 항상 가까운 데
있는 법이지."

"미꾸라지 화법은 여전하구나."

"너희 반 은시온, 걔가 빌려 간 돈이 장난 아니야. 오
늘 입금해야 할 이자가 있는데 그걸로 퉁치자고 하더라.
현금만 받는 게 원칙인데 딱해서 사정을 좀 봐줬더니 이
렇게 빅엿을 먹일 줄 몰랐네."

"시온이가 왜 너한테 돈을 빌리지?"

"글쎄. 그건 그 녀석한테 물어봐. 학교처럼 미스터리
하고 다이내믹한 곳이 또 있겠어? 멀쩡하던 전교 1등도
자유 낙하해서 죽어 나가는 곳이 학콘데, 뭔 일인들 안
일어나겠어? 도대체가 지루할 틈이 없는 짜릿한 학교가
난 진심 좋더라."

강영진이 내 등을 가볍게 툭툭 치고는 계단을 올라갔
다. 녀석의 왼팔에 새겨진 문신이 보였다. 박쥐인지, 요
괴인지 네 개의 날개를 펼친 기이한 동물이 마치 살아 움
직이는 것 같아 소름이 끼쳤다.

도서관으로 돌아와 창문을 내려다보니 소나기가 퍼붓
는 운동장을 우산도 없이 걸어가는 강영진과 꽁지 머리

를 한 남자애의 뒷모습이 보였다. 갑툭튀로 등장한 강영진 그리고 내 에어팟을 훔친 은시온. 엄청 꼬인 하루라고 생각하는데, 생소한 번호로 메시지가 도착했다.

망할바카라 님의 초대.<br>
온 에어 코인 노래방 13번 방.

망할바카라? 시온이가 아닐까? 짐을 챙겨 온 에어 코인 노래방으로 향했다. 퍼붓는 비 때문인지 노래방은 텅 비어 있었다. ㄴ 자로 꺾인 복도의 맨 끝에 13번 방이 보였다. 유리문 너머로 슬쩍 방 안을 들여다보았다. 색색으로 정신 없이 돌아가는 조명, 요란한 댄스곡, 모니터에 빠르게 흐르는 가사. 그런데 왜 아무도 없지? 문을 열어 보니 모니터 맞은편 길쭉한 의자에 검은 물체가 쓰러져 있었다.

"시온이?"

장대비를 흠뻑 맞았는지 시온이 몸에서 물이 뚝뚝 떨어졌다. 고개를 들어 나를 바라보는 시온이의 얼굴이 피범벅이었다. 퉁퉁 부어오른 오른쪽 눈두덩이에 검붉은 피딱지가 엉겨 있고 터진 입술에서는 빨간 피가 흘렀다.

"왜 이래? 어디서 쥐어 터진 거야? 당장 병원 가자."

시온이의 왼팔을 어깨에 걸치고 일으키려 하자, 녀석은 머리를 세차게 흔들며 꼼짝하지 않겠다는 의사를 분명히 했다. 코인 노래방 입구에 설치된 자판기에서 생수와 물티슈를 구입해 피범벅인 시온이의 얼굴을 조심스레 닦았다.

"미안. 급해서 네 에어팟에 손댔어."

생수를 벌컥벌컥 들이켠 시온이가 가까스로 입을 열었다.

"됐고, 이 꼴이 다 뭐야? 강영진 맞지? 조폭 같은 놈. 그냥 내버려두면 안 돼."

"제발, 그러지 마. 그러면 다 죽어. 그놈 우리 학교 총판이야."

비에 젖은 시온이의 머리카락에서 눈물 같은 빗방울이 연신 흘러내렸다. 애원하듯 나를 바라보는 시온이의 동공 깊은 곳에 감출 수 없는 공포감이 서려 있었다. 시온이는 장난스럽고 가벼운 아이였지만, 사고를 치거나 누군가에게 피해를 줄 만큼 대담한 녀석은 아니었다.

"학교에서 일어난 에어팟 도난 사건, 다 네가 한 거야?"

"나 말고도 몇 명 더 있어. 중고로 제값 받아 팔아먹기 좋은 게 에어팟이야. 찾는 사람도 많고, 잃어버린 사람도

끈질기게 찾지 않거든. 영진이 웃대가리가 스마트폰 대리점을 운영한대. 물건 가져다주면 초기화해서 팔아먹는다더라고."

나는 한도영이 왜 인적 없는 택지 개발 지구에서 스마트폰 매장을 운영하는지 알 것 같았다.

"도대체 빚을 얼마나 졌길래 이 난리야? 부모님은 아셔?"

"부모님 이혼해서 엄마랑 살아. 식당 일로 고생고생하는 엄마한텐 말 못 해. 은호야, 나 정말 미쳤나 봐. 도박 빚이 4천이 넘어."

"미친놈아! 도박은 절대 돈을 딸 수가 없는 구조라고 몇 번을 말했냐!"

"아는데, 잃은 돈 생각하면 억울해서 멈출 수가 없었어. 그동안 잃은 돈만 복구하면 다 털고 다시는 손대지 않으려고 했지. 그런데 빌린 돈 잃고 나면 뚜껑 열려서 또 대출하는 무한 반복 구렁텅이에 빠져 버렸어. 탈출구 없는 지옥이야."

"정신 차려, 은시온! 이거 혼자 해결 못 해. 부모님도 학교도 알아야 해."

"안 돼. 돈 못 갚으면 놈들이 무슨 짓을 할지 몰라."

시온이가 그동안 총판 조직에게 받았던 텔레그램 메시지를 보여 주었다. '마이더스뱅크'라는 아이디가 원금, 이자, 상환일을 꼬박꼬박 전송하고 있었다. 상환이 늦어지면 시온이 사진을 첨부한 이미지를 보여 주며 SNS에서 '온라인 공개 처형'을 하겠다고 협박했다.

4천만 원 먹튀한 서일고 3학년 은시온.
010-3472-****
사기꾼 도박쟁이 신상 공개합니다.

충격이었다. 교내 에어팟 도난 사건이 불법 사이버 도박과 관련 있고, 학교 안에 대부업을 하는 조폭 집단이 버젓이 존재하다니! 학교 곳곳에서 수시로 마주쳤던 도박에 빠진 학생들. 그들이 강영진 총판에 피라미드처럼 얽혀 있다고 생각하니 혼란스러웠다.

"나를 패 죽이는 건 상관없는데, 다슬이, 내 동생을……. 은호야, 그놈들은 악마야!"

공포스러운 표정으로 허공을 바라보던 시온이가 진저리 치듯 몸을 부르르 떨며 스마트폰 앨범을 보여 주었다. 헉, 숨이 막혔다. 거기엔 선정이 스마트폰에 저장되어 있던 기괴한 사진들이 판박이처럼 들어 있었다! 커다란 날개를 활짝 펴고 날아가는 악마의 사진. 환시처럼 나를 따라다니던 검은 날개가 스마트폰을 뚫고 날아오를 것만 같았다.

스마트폰을 든 나의 손이 미세하게 떨렸다. 가위눌림 사이로 무수히 날아들던, 일상 이곳저곳에서 불쑥불쑥 튀어 올라 사고의 지면을 뿌옇게 흩어 버리던 그것. 오늘 아침에도 분명 보았다. 연주동 팸 여학생 자살 뉴스에서 잿빛 하늘을 날아오르던 검은 날개를. 도상학의 부호처럼 난해한 이미지가 이제 내 삶을 향해 정면으로 돌진해 오고 있다.

"이 사진, 누가 보낸 거야?"

"메피스토라는 닉네임을 사용하는데 누군지 전혀 모르겠어. 한 달 전부터 갑자기 그놈한테서 메시지가 오기 시작했어. 다슬이 신상 정보를 싹 털어 보내면서 협박하더라. 한 달 안에 대출 해결 못 하면 지옥을 보여 주겠다고. 딱 그 무렵부터 누군가 다슬이 폰에 끔찍한 사진을 전송하기 시작했어. 내 동생 과학고 가려고 열심히 준비 중인데…… 메피스토 그 악마 같은 놈 찾아내서 죽여 버리고 나도 죽고 싶다!"

궁지에 몰린 쥐가 고양이를 문다더니, 번득이는 살기가 시온이의 눈빛에 스쳤다. 메피스토라는 놈, 빌려준 돈을 회수하려고 이토록 교활한 일을 벌이는 걸까? 인간이 가진 창의성이 가장 고도화되는 순간은 바로 사악함을 입을 때다.

*

고등학교 1학년까지 중상위권 성적을 유지하며 평범하게 학교생활을 하던 시온이는 자신이 왜 도박에 빠지게 되었는지 이야기해 주었다.

작년 봄, 갑자기 돈벼락이라도 맞았는지, 같은 반 진욱이가 100만 원이 훌쩍 넘는 명품 지갑과 최신 스마트폰을 학교에 가져와 자랑했다. 자기처럼 한 부모 가정인 진욱이가 명품으로 치장한 걸 내심 부러워하던 시온이에게 진욱이는 도박으로 공돈을 줍줍한다면서 매달 수백만 원이 입금되는 계좌를 확인시켜 주었다.

진욱이가 텔레그램으로 알려 준 도박 사이트에 가입하자 게임 머니 만 원과 치킨 기프티콘이 무상으로 지급되었다. 첫날 바카라로 40만 원을 딴 시온이는 이게 바로 '멋진 신세계'라고 생각했다. 도박 사이트에서 신입 회원에게 강렬한 쾌감을 주려고 '초심자의 행운'을 부여한다는 사실을 시온이는 몰랐을 것이다. 식당 일로 밤마다 어깨 통증을 호소하는 엄마를 호강시켜 드릴 수 있다는 생각에 시온이는 마음이 한껏 부풀어 올랐다.

나중에 알고 보니 진욱이는 강영진이 심어 둔 슈퍼 전파자, 도박 총판의 모집원이었다. 신규 회원을 등록시킬 때마다 진욱이의 통장에 꼬박꼬박 돈이 꽂혔다.

도박 스토리의 뻔한 클리셰에서 시온이 역시 예외일 순 없었다. 돈을 잃기 시작하자, 그동안 빠듯한 용돈을 모아 200만 원 넘게 저금해 둔 통장이 텅장이 되는 데 채 한 달이 걸리지 않았다. 그 후로는 SNS에 널린 소액 대출을 받아 도박을 이어 갔다.

"점점 갚아야 할 빚이 쌓이니까 진짜 돌겠더라고. 중고 사이트에 가짜로 물건을 올려 돈만 챙기기도 하고, 가개통한 스마트폰을 팔아 현금을 챙기는 '휴대폰깡'까지 안 해 본 게 없다. 그러다 엄마 신분증 훔쳐서 부모 론 대출을 2천만 원이나 받았어. 진짜 나는 개쓰레기야. 쉬는 날 하루 없이 설거지통에 코 박고 사는 엄마한테 내가……. 그냥 나 같은 놈은 죽어 없어지는 게 나아."

시온이가 닭똥 같은 눈물을 뚝뚝 흘리며 왼쪽 손목을

보여 주었다. 가냘픈 손목 위로 세상을 끊어 내려 했던 흔적, 희미한 칼자국이 드러났다. 나도 모르게 녀석의 어깨를 꽉 잡았다.

"미친놈! 죽으면 네 엄마 가슴에 대못 치는 거야. 너랑 동생 잘 키우는 게 유일한 소망일 텐데 도박 중독으로 아들이 자살하면? 너희 엄만 그때부터 진짜 생지옥에 사는 거라고!"

무책임하게 세상을 버리려 했다니, 화가 났다. 바닥이 보이지 않는 마음속 깊은 구멍. 먼저 떠난 가족을 마음에 품고 사는 자의 삶을 녀석이 알까?

시온이가 엄마 몰래 대출받은 2천만 원까지 다 날리고 어찌할 바를 모를 때 구원처럼 다가와 돈을 빌려준 사람이 강영진이었다. 매일 이자가 10%씩 더해지는 살인적인 이자율, 돈을 빌린 지 10일째면 원금만큼 이자가 불어나는데도 큰돈을 갚을 수 있는 유일한 길이 도박밖에 없다는 생각에 총판 대출을 받은 것이다.

"가자, 우리 집에 가서 응급 처치라도 하자. 이러다 큰일 나."

시온이를 우리 집으로 데려오면서 지훈이에게 전화를 걸어 소독약과 반창고를 부탁했다. 지훈이는 직업 위탁 학교에서 만든 육개장도 가져왔다. 시온이가 즉석 밥을 육개장에 말아 허겁지겁 먹었다. 상처 부위를 소독하고 반창고를 붙인 시온이의 얼굴이 아까보다 훨씬 편안해 보였다.

"은시온, 매일 딱 하루만 버틴다는 생각으로 살아. 그렇게 하루하루가 모이면 그게 삶이야. 보육원 동기랑 선배 중에도 도박으로 인생 시원하게 말아먹은 사람 많아. 보호 종료되면 매달 기초 생활 수급비가 들어오는데 입금 즉시 도박으로 순삭하더라고. 도박 사이트 운영자 놈들은 피도 눈물도 없어. 상대가 누구든 상관없이 진공청소기처럼 돈만 빨아들이면 장땡이니까. 근데 도박 사채는 법정 이자보다 수십 배 높아서 갚지 않아도 되는 불법 대출인 거 혹시 알고 있어? 커밍아웃하고 나랑 배달이나 하는 거 어때?"

지훈이가 국물까지 싹 비운 그릇에 다시 육개장을 퍼 주며 말했다.

"안 돼. 그러려면 지금까지 도박한 거 자수하고 처벌받거나 벌금 물어야 할 텐데. 난 못 해. 더구나 동생 개인 정보 싹 털어 협박하는 놈들이 내가 먹튀하면 우리 다슬이를 그냥 두겠어? 엄마한테도 절대 말할 수 없어. 다 알게 되면 우리 엄마 쓰러져 죽을 거야. 정말 어쩌지?"

탄식 같은 한숨을 내뱉는 시온이 눈가에 눈물이 그렁그렁 맺혔다.

무섭게 퍼붓던 비는 소강상태지만, 밤하늘엔 아직도 먹구름이 겹겹이 드리워져 있었다. 멀리 글로리 빌딩 전광판에는 이제 막 비행을 시작하려는 악마가 도시를 내려다보며 검은 날개를 펄럭인다. 베타 버전 출시를 앞두고 총력전에 돌입한 듯, 며칠 전부터 SNS는 물론이고 곳곳에서 〈판데모니움〉 광고를 쉽게 볼 수 있었다. 불꽃놀이로 형형색색 빛을 내뿜는 〈판데모니움〉 광고가 글로리 빌딩 꼭대기에서 밤하늘을 화려하게 장식했다. 답답한 현실에 할 말을 잃은 우리는 한동안 멍하니 밤하늘을 응시했다.

"천천히 정리해 보자. 도박 총판 조직이 교내에서 활동하고, 학생들을 도박 사이트로 유인한다. 도박에 빠진 학생들은 도박 총판에 고리대금을 빌리고 채무 상환에 시달리다 돈이 될 만한 물건을 훔친다. 이 장물을 처리해 주는 데가 한도영의 스마트폰 매장이다. 맞지?"

침묵 끝에 지훈이가 먼저 입을 열었다.

"지훈이 네가 배달 갔다가 기장동에서 한도영 봤다고

했을 때부터 싸했어. 왜 인적 없는 데서 장사를 하겠어? 꿍꿍이가 있는 거지. 실과 바늘 같은 한패, 한도영과 강영진이 큰일을 벌이는 게 분명해.”

“아 맞다, 방금 생각났는데 강영진이 에어팟 처리해 주는 자기 친구가 중간 보스라고 했어. 우두머리한테 신임을 얻어서 도박 사이트도 여러 개 관리한다고. 상상하지 못할 만큼 큰돈을 벌었대. 강영진이 자기도 곧 중간 보스가 될 거라고 했어.”

보육원을 뛰쳐나가 사라진 3년 동안 한도영에게 대체 무슨 일이 있었던 걸까? 미스터리한 녀석의 행적이 궁금했는데 시온이가 흘려들은 정보를 알려 주었다.

“완전히 범죄 조직이네. 꼬리 잡으면 한 방에 보내 버릴 수 있을지도 몰라. 은호야, 내가 도영이 만나서 정보 좀 캐 볼까?”

“사람 잘 안 변한다고 내가 조심하라고 했지. 입만 열면 사기 치는 놈 만나서 뭐 해. 우리가 자기 정체를 눈치챈 걸 알면 시온이가 다칠 수도 있어. 시온아, 더 아는 거 없어?”

“구관 실내 체육관 무대 구석에 있는 작은 대기실이 놈들 아지트야. 거기서 자주 쥐어 터졌는데 거길 살펴보면 뭔가 나오지 않을까?”

나를 만났을 때 떨떠름하던 강영진의 표정, 실내 체육관의 짙은 어둠을 뚫고 광선처럼 새어 나오던 검푸른 빛이 떠올랐다. 그곳에 정말 비밀이 숨겨져 있을까?

# 천국의 메뉴판
## 탕후루, 캔디, 아이스

VIP 골든 티켓이 도착했습니다!

노트북을 켜자 메일 알림이 떴다. 〈판데모니움〉 베타 버전을 VIP에게 사전 오픈하고, 특별히 20만 게임 머니를 선물한다는 메일이었다. 황금 열쇠가 그려진 티켓을 클릭하자 〈판데모니움〉 베타 버전에 접속되었다.

**상상할 수 없는 몰입의 세계!**
**전 세계를 사로잡을 완벽한 게임의 도성!**
**모두가 꿈꿔 온 진정한 유토피아**
**WELCOME, PANDEMONIUM!**

보안 테스트를 맡아 오프닝 화면이 익숙했다. 색색 폭죽이 터지는 밤하늘 아래 우뚝 선 거대한 에메랄드 호텔로 입장하자 메타버스로 구현한, 현실보다 더 화려한 카지노 세상이 펼쳐졌다. '알리바바'라는 닉네임을 설정하고 흰색 정장과 중절모로 아바타를 꾸몄다. 세계 각국의 유명 카지노를 그대로 옮겨 놓은 듯한 〈판데모니움〉에서는 슬롯머신, 빙고, 포커, 바카라 등 다양한 게임을 즐길 수 있었다.

베타 버전을 정식으로 오픈하기 전이라 게임장은 한산했다. 바카라 게임장으로 들어서자, 유저 몇 명이 경기를 지켜보고 있었다. 널따란 보라색 테이블 너머에서 금발의 여성 딜러가 카드를 나누어 주었고, 딜러를 마주 보고 앉은 한 남성 유저의 뒷모습이 보였다. 어깨에 닿을 듯한 곱슬머리, 우아한 주름선이 돋보이는 검은색 망토가 의자를 타고 미끄러져 바닥에 끌렸다. 검은색 반가면으로 얼굴을 가린 유저, 닉네임 MASTER가 딜러의 움직임을 살피고 있었다.

뱅커와 플레이어 중 카드 두 장의 합이 9에 더 가까운 쪽이 이기는 단순한 게임, 바카라. 근소한 차이로 뱅커가 이길 확률이 높은 이 게임에서 MASTER는 세 번 연속 플레이어에게 배팅해 게임 칩을 쓸어 담았다. 말없이 눈빛만 주고받는 딜러와 MASTER 사이에 긴장감이 흘렀다. 카드의 탄성과 질감까지 살린 게임의 생생함에 나도 모르게 빠져들었다. 게임을 끝낸 MASTER가 어깨를 으쓱하며 일어서자 게임 머니가 표시되었다. MASTER가 모은 게임 머니는 벌써 1억이었다. 뭐지? VIP에게 선물한 게임 머니는 똑같이 20만이었을 텐데, 그새 등장한 이 구역 타짜인가? MASTER는 기다란 망토를 반질반질한 대리석 바닥에 끌며 유유히 사라졌다.

베타 버전에 접속해 보니 〈판데모니움〉은 감탄이 나올 만큼 잘 만든 게임이란 생각이 들었다. 아바타를 멋지게 꾸미고 럭셔리 카지노를 여유롭게 즐길 수 있는 게임. 만약 현금 거래가 가능하다면 정말 초대박이 날 듯했다.

나도 게임을 한판 해 볼까, 생각하다 그냥 로그아웃했다. 한가하게 게임을 즐길 기분이 아니었다. 어제 점심시간, 고민 끝에 조끼 쌤을 찾아가 시온이 이야기를 꺼냈지만, 그의 눈길은 스마트폰 코인 거래 창에 고정되어 있었다. 스마트폰을 뚫어지게 들여다보는 두 눈은 니코틴에 푹 담갔다 빼낸 것처럼 노랬고, 빛바랜 세월의 허탈함이 가득 배어 있었다. 잠시 후, 헛웃음을 지으며 스마트폰을 내려놓은 조끼 쌤의 표정에 짜증이 가득했다.

"학교가 무슨 너네 심부름센터 줄 알아? 민증까지 나온 녀석이 도박하는 걸 어떡하라는 거야? 자기 인생 자기가 꼬아 대는 걸 뭘 어떻게 뜯어말리냐고! 야, 차은호, 여름 방학 끝나면 금방 수시 원서 써야 하는데 왜 남의 일에 질척거려? 오지랖 떨지 말고 네 앞가림이나 잘해! 고3은 각자도생이야."

조끼 쌤은 훈계인지, 화풀이인지 알 수 없는 말을 속사포처럼 쏟아 냈다. 그럼 그렇지, 조끼 쌤의 도움을 기대했던 내가 한심하게 느껴졌다. 나는 허탈하게 교무실을 빠져나왔다. 피라미드처럼 퍼진 교내 도박 총판 모집원이 순진한 학생들을 꼬드겨 도박 사이트에 가입시키려고 혈안인데, 학교의 대응은? 답이 없다.

하지만 나를 불안하고 미치게 하는 건 따로 있었다. 유튜브에서 연주동 팸 여학생 자살 사건을 다룬 뉴스를 다양한 방송사 버전으로 며칠째 모니터링했다. 악마의 검은 날개가 화면에 나온 건 찰나였다. 카메라가 스치듯 투신한 여학생의 스마트폰을 보여 줄 때, 커다란 날개를 활짝 펼치고 날아가는 악마의 사진이 보였다. 화면을 정지하고 수십 번 확인했다. 선정이와 다슬이 스마트폰에도

전송된 악마의 사진. 다음 희생자를 예고하는 걸까? 혹
시 알려지지 않은 희생자가 더 있을까?



불현듯 선정이가 남긴 댓글이 떠올랐다. 진실의 문은
이곳에서 열린다, 진실의 문……. 그렇다! 진실의 문이란
악마의 사진을 의미하는지도 모른다. 손동호를 통하지
않고는 알 수도, 얻을 수도 없었을 미스터리한 사진들.
손동호를 만나 각을 세운 걸 어설픈 헛발질이라고 생각
했는데, 어쩌면 이 사진들이 비밀을 푸는 가장 중요한 열
쇠일지도 모른다. 그래서 선정이가 손동호 유튜브 링크
를 내게 보낸 것이다. 악마의 사진을 받은 아이들에게 어
떤 연결 고리가 있는지, 그것을 밝혀야 한다.

*

어느새 고등학교 마지막 내신이 걸린 1학기 기말고사

가 코앞으로 다가왔다. 평범한 일상에 악마의 사진이 불쾌한 인서트 화면처럼 시도 때도 없이 날아들었다가 답답한 의문 부호만 남기고 사라졌다. 시온이 동생 다슬이에게 날아든 악마의 사진이 곧 다가올 불행의 예고편이라면? 하루라도 빨리 백도어의 침입자를 찾아야 한다.

7월의 첫 번째 토요일, 행동을 개시했다. 나는 지훈이와 함께 구관 실내 체육관을 살피러 갔다. 햇빛이 들지 않는 어두침침한 지하 1층, 도어 록으로 잠긴 실내 체육관 문 앞에 섰다.

**관계자 외 출입 금지**

진지한 궁서체로 문 앞에 붙은 경고문이 시트콤 같았다. 1991. 익숙한 비번을 누르자 문이 열렸다. 서일고 설립 연도가 교내 도어 록 공통 비번이라는 걸 임원이나 동아리 활동을 하는 학생 대부분이 알고 있었다.

"여기 으스스하다. 입구에 CCTV도 없고 조폭 아지트로 딱이네."

"강영진을 만난 날, 무대 위에 있는 방에서 푸른빛이 새어 나왔어. 지훈아, 그쪽으로 가 보자."

한 걸음 한 걸음 내디딜 때마다 바닥의 마찰음이 어두침침한 공간 속에서 증폭되면서 예민해진 청각을 자극했다. 체육관 안으로 깊숙이 들어가 무대 위로 올라섰다. 오른쪽 끝, 잘 보이지 않는 위치에 감춰진 작은 방의 문을 열고 안으로 들어갔다.

"예전에 대기실로 쓰던 덴가 보다. 근데 꼭 놀이동산 귀신의 집 같지 않아?"

대기실 안 대형 거울은 곳곳이 깨져 있었다. 거울 맞은편 벽면에 덕지덕지 붙은 학교 행사 포스터가 마구잡이로 구겨진 것처럼 왜곡돼 보였다. 거울 앞에 선 나와 지훈이 모습도 마치 화가 난 것처럼 일그러졌다. 천장에 대충 매달아 둔 기다란 막대 모양 LED 조명, 스위치를 누르니 거기에서 광선 같은 검푸른 빛이 뿜어져 나왔다. 여기, 뭔가 음습하고 불안정하다.

바닥에 떨어진 검은 나비 모양 집게 핀을 집으려는데 끼익하고 실내 체육관 문이 열리는 소리가 들렸다. 나와 지훈이는 얼른 조명을 끄고, 숨죽인 채 밖을 내다봤다. 어깨에 검은 더플백을 메고 한 손엔 농구공을 든 강영진과 꽁지 머리를 한 남자애가 체육관 안으로 들어왔다. 제발 무대 쪽으로는 오지 마라! 제발! 그러나 농구공을 주거니 받거니 통통 튀기며 녀석들은 무대 쪽으로 다가왔다.

가까이서 보니, 꽁지 머리는 3학년 길성배였다. 에어 팟을 도난당한 날, 강영진 옆에서 비를 맞으며 걸어가던 녀석이 길성배였구나. 수차례 휴학과 복학을 반복해 진짜 나이가 몇 살인지 아무도 모른다는 길성배는 단단한 체격과 왼쪽 뺨에 지렁이 같은 흉터 때문에 '서일고 언터처블'로 통하는 인물이다.

강영진도 만만한 놈이 아닌데 거기에 길성배라니! 젠장, 1+1이 아니라 1+10의 압박감이 엄습했다. 지금 우리가 노출되면 시온이가 다친다. 마른침을 삼키며 최대한 침착하려고 애썼다. 지훈이가 내 옆구리를 찌르며 눈짓으로 대기실 안쪽에 마련된 간이 탈의실을 가리켰다. 저리로 숨어야 할까? 그때 갑자기 발소리가 뚝 끊겼다.

"저 새끼 봐라. 약기운에 아주 푹 절어 비몽사몽이네."

강영진이 낮은 목소리로 말했다.

체육관 입구에서 뭔지 모를 검은 형체 하나가 걸어왔다. 가까워질수록 검은 형체의 윤곽이 조금씩 드러났다. 긴팔 후드 티에 달린 모자를 뒤집어쓰고 구부정하게 앞으로 쏠린 상체, 주먹을 쥔 오른팔은 뒤쪽으로 기이하게 꺾여 있었다.

길성배가 얼굴에 난 흉터를 움찔거리며 휘파람을 불었

다. 「섬 집 아기」였다. 원래 박자보다 훨씬 느리고 묘한 불쾌감이 느껴지는 진득한 휘파람 소리.

후드 티가 사정거리에 들어오자, 강영진이 기습으로 농구공을 던졌다. 퍽 하는 소리와 함께 그대로 바닥에 널브러진 후드 티의 머리를 길성배가 거칠게 들어 올렸다.

하마터면 소리가 새어 나올 뻔한 내 입을 지훈이가 잽싸게 가로막았다. 영상을 찍어야 한다. 나는 바지 주머니에서 스마트폰을 꺼내 다급히 동영상 녹화 버튼을 눌렀다. 동시에 무지막지한 길성배의 주먹이 후드 티의 얼굴을 가격했다. 고꾸라지는 후드 티의 명치를 다시 한번 퍽 소리 나게 걷어차는 길성배. 강영진이 가까이 다가서자, 길성배가 후드 티의 머리를 한 손으로 들어 올렸다. 영상을 확대해 보니 후드 티가 누군지 알 수 있었다. 지난 4월, 술에 취한 채로 등교해 한바탕 난리를 쳤던 3학년 5반 정태경. 다크서클로 움푹 팬 눈가, 초점을 잃은 눈빛, 비틀린 팔 때문인지 정태경의 모습이 그날보다 더 기이하게 느껴졌다.

"팔뚝 까, 병신아."

강영진이 경멸하는 말투로 말했다.

정태경이 순순히 소매를 걷어 올렸다. 팔꿈치 안쪽에

134

시퍼런 멍 자국이 퍼져 있었다.

"팔뚝에 고속 도로 난 거 봐라. 대환장 약쟁이! 탕후루나 처드실 것이지 사탕에 아이스까지 인터셉트하고, 결제 대금 슈킹에, 고객 협박해서 돈까지 뜯어내? 아주 하루하루 알차고 바쁘게 사셨어. 어디서 공사를 쳐! 너 진짜 죽어 볼래?"

"미, 미안해. 온몸에 벌레가 기어다녀. 망치로 온몸을 두들겨 맞은 것처럼 아파서 살 수가 없어. 블랙리스트에 이름이 올랐는지 병원 처방도 막혀서 패치도 못 구해. 어쩔 수가 없었어."

"지랄한다. 네 대가리는 우동 사리냐? 폰 내놔."

길성배가 정태경의 스마트폰에서 유심 칩을 빼냈다. 그러고는 스마트폰을 있는 힘껏 바닥에 내던졌다. 길성배는 액정이 깨진 스마트폰을 무자비한 발길질로 완전히 박살 냈다.

"네 상판, 누가 봐도 가망 없는 약쟁이야. 그동안 중간에서 인터셉트해서 처먹은 돈은 까 줄 테니까 당장 휴학해. 그리고 이제부터 우린 모르는 사이야. 혹시라도 주둥이 함부로 놀렸다간, 알지? 그날이 네 인생 끝 날인 거. 꺼져!"

어느새 무릎을 꿇고 싹싹 비는 정태경에게 강영진이 얼음처럼 차가운 목소리로 말했다. 공포에 질린 정태경은 순순히 퇴장했다.

"써니, 오고 있대?"

강영진이 산산조각 난 스마트폰을 더플백에 넣으며 길성배에게 물었다.

"미꾸라지 같은 년. 좀 전에 문자 왔어. 약속이 생겨서 못 온대. 돈 나올 구멍이 없으니 못 오겠지. 엄마는 가출하고 제 아빠랑 둘이 사는데, 아빠가 알코올 중독에 무직이라네."

"땡전 한 푼 없는 년이 남의 돈으로 도박은 왜 처하고 난리야. 박제해 버려! 그리고 건이랑 시온이, 두 빌런은 어쩔 거야? 건이네는 좀 산다며. 부모한테 알리겠다고 압박해 봐."

"뭘 믿고 그러는지 배 째라는 태도야. 도박 빚은 원래 안 갚아도 된다나."

"염병하네. 현직 검사, 판사들도 제 새끼가 도박에 연루되면 혼비백산해서 입막음하느라 정신없는 판국에. 건이 새끼 아빠한테 연락해. 시온이는 어떻게 조지지?"

"요새 오토바이로 배달인지 뭔지 한다고 깝죽거리던

데. 태경이 대신 운반책 어때?"

"콜, 오토바이 모니까 딱이네. 가진 게 없으면 몸빵이지."

"캭."

길성배가 바닥에 가래침을 뱉더니 어디론가 전화를 걸었다. 그러고는 작정한 듯 육두문자를 쏟아 냈다.

"야, 이년아. 제 어미 닮아 양심 가출한 년. 남의 돈 태워 도박하니 째지게 좋았지? 내가 무슨 자선 사업하는 줄 아나 본데, 재미를 봤으면 몸뚱이라도 팔아서 갚아야 할 거 아니야! 공개 처형으로 개망신당하기 전에 해결해! 딱 일주일 준다."

녀석들은 약속이 틀어져 김이 빠졌는지, 곧 실내 체육관을 빠져나갔다. 방금 무슨 일이 일어난 거지? 혹시 꿈을 꾸거나 범죄 드라마의 한 장면을 본 건 아닐까? 제멋대로 뒤틀린 시공간에 던져진 것처럼 정신이 혼미했다.

"지훈아, 우리 지금 뭘 본 거냐? 강영진이 마약 유통까지 하나 봐."

"펜타닐을 은어로 탕후루라고 해. 아이스는 필로폰이고. 아는 선배 하나가 펜타닐 중독이었어. 지옥문이 열린다더라. 사람들은 마약하면 기분이 뿅 가게 좋아서 끊지 못하는 줄 아는데, 아니래. 약기운 떨어지면 온몸이 끓는 기름에 튀겨지고 망치로 정신없이 두들겨 맞는 느낌이래. 금단 현상으로 죽을 거 같으니까 살고 싶어서 찾아 헤매는 거야. 마약을.”

“하, 도박 총판에 마약 유통까지. 범죄 집단이 학교에서 제멋대로 활개를 치는구나.”

“원래 도박 총판이랑 마약 유통은 한 몸이야. 도박 빚을 해결 못 해서 코너에 몰린 애들 데려다 마약 던지기 알바로 쓴다더라. 시온이도 마약 던지기로 쓰려는 거야. 징징거리긴 해도 요새 정신 차리고 배달 열심히 하는데……. 워낙 고액 알바라 솔깃할 거야. 걸리면 빼박 마약 사범인데.”

“강영진, 길성배. 완전 악마 새끼들이네!”

“이쯤에서 관심 끄는 게 어때? 느낌이 안 좋아. 한도영이랑 강영진이 우리 생각보다 더 큰 일을 벌이는 것 같아.”

“이대로 모른 척할 수는 없어. 시온이 동생 다슬이도 걱정되고.”

“그건 그렇지. 아까 써니라는 아이, 박제해 버리라는 거. 느낌 싸하지 않아? 불안해서 안 되겠다. 끝을 봐야

하는 차은호 똥고집을 말릴 수도 없고. 친구 찾기 앱이라
도 깔자."

　내 스마트폰을 빼앗아 친구 찾기 앱을 설치하며 지훈
이는 박제의 의미가 성 착취 동영상 촬영을 말하는 것 같
다고 했다. 온몸이 감전된 것처럼 부르르 떨렸다. 정말
놈들이 그렇게까지 악랄할까? 두려움이라곤 찾아볼 수
없는 놈들의 질주를 어떻게 막아야 할까?

# 악마의 휘파람 소리

사전 예약자는 신이다!

〈판데모니움〉 레알 갓!

라스베이거스 왜 가니? 현실 그 잡채인 초호화 카지노에 뻑 갔다!

제발! 〈판데모니움〉 아디 빌려주실 분?

기말고사 기간, SNS는 온통 베타 버전을 오픈한 〈판데모니움〉 후기로 도배되었다. 현실보다 더 생생한 카지노 세상이라는 찬양에 너도나도 게임을 해 보려고 아이디를 빌릴 정도였다. 가을에 정식 버전을 오픈하면 넥스트는 드디어 국내 게임업계 만년 2위를 탈출할 수 있을 듯싶었다.

지난해 넥스트가 주최한 버그 바운티 대회 수상으로 특별 채용 어드밴티지를 획득한 일이 생각났다. 연봉도 복지도 꽤 괜찮은 데다 〈판데모니움〉으로 더 날아오를 듯해 넥스트에 취업하는 선택지가 나쁘지 않아 보였다. 하지만 K대 사이버 보안학과 합격증을 엄마에게 선물하겠다는 나 자신과의 약속과 점점 멀어지는 것 같아 씁쓸한 마음이 들었다.

지난 한 주는 한마디로 엉망진창이었다. 시한폭탄처럼 언제 무슨 일이 터질지 알 수 없는 구관 실내 체육관이 내내 마음에 걸렸다. 고민 끝에 대기실 깨진 거울 속에 초소형 카메라를 설치했다. 좌불안석하며 틈나는 대로 모니터링하느라 어떻게 시험을 치렀는지 모르겠다.

예상과 달리 강영진은 별다른 액션이 없었다. 나를 뺀 모두가 지극히 평범하고 안전해 보였다. 나만 모른 척한다면, 이토록 평범한 학교의 일상은 감쪽같이 지켜질 수 있을까?

*

기말고사가 끝난 날, 넥스트 프로젝트 매니저님이 제안할 게 있다며 회의를 요청해 왔다. 잠시 후 저녁 여덟 시, 화상 회의를 진행하기로 했다. 프로젝트 매니저님이 보내온 링크를 클릭하자 가상 회의실이 연결됐다. 높은 돔형 천장 아래 화려하게 반짝이는 샹들리에와 수정처럼 은은하게 빛나는 테이블이 보였다. 귀족적이고 아름다운 가상 회의실이었다. 곰돌이처럼 푸근한 프로젝트 매니저님의 얼굴이 화면에 보였고, 닉네임 MASTER가 검은 슈트에 빨간 넥타이로 한껏 멋을 낸 신사 아바타로 접속해 있었다.

"은호야, 오랜만이야. 오늘 회의는 요새 게임업계에서 가장 핫한 분이랑 함께 할 거야. 깜놀할걸!"

"다니엘 정입니다. 지브롤터에 있는 게임 회사, 판테온 게임스 부사장이에요. 〈판데모니움〉 개발자이기도 하고요."

"만나게 되어 영광입니다. 차은호예요."

"가상 회의실을 로마의 판테온처럼 웅장하고 신비로운 모습으로 디자인했는데, 마음에 드시나요?"

"가상 공간을 정말 실감 나게 잘 만드시네요. 그런데 지브롤터가 어디죠?"

"이베리아반도 끝입니다. 스페인과 붙어 있지만 영국령이죠. 아는 사람은 다 아는 온라인 게임의 성지입니다."

"혹시 지난번 〈판데모니움〉 사전 오픈 때 바카라 게임장에서 게임 머니 쓸어 담던 MASTER 님 아닌가요?"

"아, 맞습니다. 원래 게임 개발보다 플레이를 훨씬 더 좋아해요. 은호 님 닉네임은 뭔가요? 언제 게임 한판 하시죠."

"알리바바입니다."

"지난번에 얘기했지? 〈판데모니움〉은 국내외 서비스를 동시에 오픈한다고. 국내는 우리 넥스트에서 판권을 사들였고, 유럽은 판테온 게임스에서 진행하거든. 영국과 지브롤터에서도 베타 버전 서비스를 시작했는데, 오픈해 보니 로그인 보안 프로그램에 오류가 있다고 하네."

"참신하고 젊은 보안 전문가를 추천해 달라고 넥스트에 부탁했더니 은호 님을 추천하더군요. 한국 베타 버전을 꼼꼼하게 체크해 주셨다고요. 유럽 베타 버전도 한번 점검해 주실 수 있을까요? 페이는 업계 최고로 해 드리겠습니다."

"감사합니다. 근데 좀 얼떨떨하네요."

"코로나 이후 세계적인 전문가들과 공간 제약 없이 성공적으로 협업해 왔어요. 넥스트가 중간에 있으니 믿을 만하고요. 제안서는 은호 님 이메일로 제가 보내 드리죠. 읽어 보시고 결정하세요. 찾아보시면 알겠지만, 판테온 게임스는 유럽에서 꽤 유명한 게임 회사입니다. 괜찮은 스펙이 될 거예요."

"은호 우리 회사 버그 바운티 대회 수상자예요. 실력이 탐나도 인터셉트하면 안 됩니다."

"실력 있는 인재라면 적극 스카우트해야죠. 은호 님, 보너스로 게임 머니도 두둑이 챙겨 드리죠. 나중에 게임 머니가 로토가 될 수도 있습니다."

"로토요? 한국에서 온라인 카지노 게임 머니를 현금화하는 건 불법으로 아는데요?"

"가능성이 무한한 한국 시장이 성장하지 못하는 이유죠. 뒤로는 불법이 판을 치는데…… 지브롤터를 비롯해 영국, 호주, 네덜란드 같은 나라에서는 갬블링 라이선스를 발급받은 온라인 카지노는 합법입니다. 국가에 세금을 안겨 주는 효자 산업이죠. 게임업계 이야기는 시작하면 끝이 없으니, 제안 수락해 주시면 그때 더 깊숙한 이야기 들려드릴게요. 제가 다른 회의가 있어서, 나머지는 매니저님께 부탁드리고 먼저 퇴장합니다. 은호 님, 긍정적인 검토 부탁드립니다."

다니엘 정이 먼저 로그아웃했다. 자신만만하면서도 품위를 갖춘 말투. 성공한 젊은 사업가의 애티튜드가 느껴졌다. 프로젝트 매니저님이 다니엘 정에 대한 설명을 덧붙였다. 한국인 부모를 둔 한국계 미국인으로 최근 업계에서 가장 핫한 게임 개발자라고 했다. 프라이버시를 중요하게 생각해 신변 노출을 거의 하지 않는다고. 게임을 구상하는 창의력과 트렌드를 주도하는 감각이 뛰어나 배울 점이 많을 거라며 좋은 기회를 놓치지 말라는 당부도 잊지 않았다.

회의를 마치고 판테온 게임스를 검색했다. 만신전 판테온처럼 '세상의 모든 게임을 만나는 전당'이라는 의미를 회사 이름에 담았다고 한다. 게임업계로 진출하면 골치 아픈 현실에서 벗어나 신비하고 매력적인 곳에서 일할 수 있을까?

책상 위에 놓인 엄마 사진을 바라보았다. 지금 엄마가 옆에 있다면, 머리 터지는 현실로 혼란스러운 나에게 어떤 조언을 해 줄까? 나보다 나를 더 잘 아는 엄마의 한마디가 많이 그립다.

'은호야, 마음이 원하는 대로 해. 두려움 없이.'

분명하게 느껴지는 엄마의 속삭임에 깜짝 놀라 눈을 떴다. 기말고사를 끝낸 피로감이 몰려와 책상에 엎드려 깜빡 잠이 들었나 보다. 밤 열 시가 가까운 시간, 습관적으로 스마트폰을 열어 실내 체육관 대기실 화면을 켰다.

젠장! 화면이 깜깜하다. 카메라에 오류가 생긴 모양이다. 지금이라도 현장에 가 봐야 할까? 그 순간, 영상에서 끈적한 휘파람 소리가 들려왔다. 기분 나쁘고 축축한 「섬 집 아기」. 분명히 무슨 일이 일어나고 있다. 온몸의 땀구멍이 얼어붙은 것처럼 소름이 돋았다. 눈을 감고 어둠 속에서 새어 나오는 소리에 귀를 기울였다. 휘파람 소리 사이로 가늘게, 끊어질 듯 간간이 들려오는 미세한 흐느낌. 컴컴한 어둠에 갇힌 한 존재가 떨고 있다. 울고 있다.

평소라면 야간 자율 학습으로 밤 열 시까지 사람이 다닐 테지만 기말고사가 끝난 오늘, 학교가 텅 빌 거라는 생각을 왜 하지 못했을까? 하필이면 오늘 화상 회의가 있었던 것도 운명의 장난 같았다. 당장 학교로 뛰어 가야 한다는 생각이 들었다. 하지만 이 밤에 아무 대책 없이 강영진 패거리와 맞닥뜨린다면? 상상만 해도 등줄기가 서늘했다.

SOS. 나 지금 실내 체육관으로 간다.

지훈이에게 메시지를 보내고, 자전거에 올라 미친 듯이 학교로 달렸다. 학교 정문이 보이는 도로에 막 접어드는데, 날렵한 외관의 노란 스포츠카 한 대가 건너편에서 미끄러지듯 어둠 속으로 사라졌다.

헉헉대며 도착한 구관 실내 체육관, 아무 일도 없는 것처럼 문이 닫혀 있다. 한발 늦은 걸까? 조용히 문을 열어 안을 살폈다. 앞을 분간할 수 없는 완전한 어둠 속으로 조심스럽게 한 걸음 내디뎠다. 긴장과 공포로 가슴이 터질 것 같았다. 어디선가 끈적한 휘파람 소리가 들려오는 것 같았다.

# 비밀의 방

대기실 문은 비스듬히 열려 있었다. 텅 빈 내부, 하지만 누군가 다녀간 흔적이 분명했다. 시계추처럼 좌우로 흔들리는 LED 조명, 바닥에 떨어진 검은 마스크, 남은 물을 토해 내는 찌그러진 생수 통. 그 옆에 2학년이 사용하는 노란색 명찰이 누군가를 기다리듯 놓여 있다.

'나를 봐 줘, 절망의 구덩이에 갇힌 나를⋯⋯.'

벽면의 깨진 거울 속에서 공포와 비탄에 빠진 목소리가 새어 나오는 것 같았다. 흥건하게 젖은 명찰을 가만히 손바닥 위에 올렸다.

**지선희**

깊은 한숨과 흐느낌을 한껏 머금었던 공간이 몸서리

치듯 음습한 기억을 한꺼번에 뱉어 냈다. 거부할 수 없는 고통이 고스란히 전이되어 가슴이 저려 왔다. 동시에 먹통이 된 화면 속에서 들려오던 낮은 흐느낌과 박제해 버리라는 강영진의 싸늘한 목소리가 겹쳤다. 깊은 곳에서 뜨거운 불이 치밀어 올랐다. 쿵, 쿵, 쿵. 나도 모르게 지저분한 포스터로 가득한 벽면을 주먹으로 미친 듯이 내리쳤다.

"은호야! 괜찮아?"

언제 왔는지 지훈이가 내 어깨를 돌려세웠다.

"영상이 갑자기 먹통이 됐어. 하필이면 그사이에 일이 터진 거 같아."

조금 전에 주운 명찰을 지훈이에게 내밀었다. 명찰을 받아 든 지훈이의 얼굴이 일그러졌다.

"돌겠다. 카메라가 고장 난 거야?"

젠장, 악마가 놈들을 비호라도 하는 걸까? 리셋 버튼을 누르니 카메라가 거짓말처럼 정상 작동되었다.

"놈들이 뭔가 흘리고 갔을지도 몰라. 꼼꼼히 살펴보자."

지훈이가 LED 조명을 켰다.

차갑고 검푸른 빛이 좁은 밀실을 가득 채우자, 거대한

수족관에 갇힌 듯한 착각이 들었다. 점점 숨이 막혀 왔다. 하지만 이곳에서 벗어나고 싶다는 생각과 달리 나는 시계추처럼 흔들리는 LED 조명을 최면에 빠진 듯 멍하니 바라만 보고 서 있었다.

"은호야, 여기!"

벽면에 붙은 포스터 하나를 가리키며 지훈이가 소리쳤다. 파란색 바탕에 빛나는 별을 가득 그려 넣은 2012년 서일고 별빛 축제 포스터. '별을 닮은 그대에게'라는 카피 아래 주황색 형광펜으로 mt1004.net이라는 인터넷 주소가 쓰여 있었다. 스마트폰으로 mt1004.net에 접속했다. 요란한 배너 광고가 여러 개 뜨더니 곧이어 불법 도박 사이트가 열렸다.

"이거, 지선희라는 아이가 남겨 둔 흔적 아닐까?"

"확실하진 않지만, 강영진이랑 분명히 관련이 있을 거 같아. 집에 가서 살펴보고 알려 줘."

"고마워, 짱지훈! 너 오늘 진짜 해결사 같다."

"차은호에겐 SOS 칠 친구가 있다, 나 약속 지켰다!"

내가 보낸 메시지를 받았을 때 배달 중이었다는 지훈이는 주문이 터지는 금요일 밤의 특수를 챙겨야 한다면서 다시 배달을 나갔다.

다락방으로 돌아와 mt1004.net에 다시 접속했다. 메인 화면에 '업계 최고 베팅!', '실시간 입금!', '고객 센터 텔레그램' 같은 큼지막하고 현란한 문구가 눈에 띄었다. 만드는 데 반나절도 걸리지 않을 듯한 조잡한 불법 도박 사이트였다.

핫! 생방송 보디 프로필! - 고객님께만 무료 공개

메인 화면에 뜬 팝업 창을 나도 모르게 클릭했다. 그 순간, 가려져 있던 비밀의 덮개가 열렸다!

내가 입장한 곳은 불법 음란 영상과 사진을 공유하는 텔레그램 비밀 채팅방이었다.

신상 노예 등장! 싱싱함에 가슴 떨린다.

다 벗어 놓고 마스크 무엇? 무료 방이니까 오빠가 한 번만 용서할게.

노예 년들은 걸핏하면 얼굴부터 가리는 게 국룰 ㅋㅋㅋ.

은은한 「섬 집 아기」 BGM이 예술이네. 아가, 네 어미 굴 따러 간 사이 홀딱쇼하니? ㅋㅋㅋ.

　채팅 창에는 쉴 새 없이 저질스러운 글이 올라오고 있었다. 익명성에 기대 추악한 본성을 날것 그대로 노출하는 곳. 도를 넘어선 음담패설, 혐오스러운 막말, 거침없는 조롱. 텔레그램 비밀 채팅방은 영혼 없는 변태들의 집합소구나. 실수지만 이런 곳에 입장했다는 사실이 말종 변태들과 동급이 되는 것 같아 헛구역질이 나왔다.

　지체 없이 채팅방을 빠져나가려는 순간, 채팅 창에 적힌 '섬 집 아기'라는 단어에 두 눈이 고정되었다. 학교에 숨겨진 밀실과 추악한 사이버 공간이 이토록 신속하고 긴밀하게 연결되어 있다니! 떨리는 손으로 채팅방에 올라온 영상의 재생 버튼을 눌렀다.

　교복 치마만 입고 상반신은 완전히 탈의한 여자아이가 검은 마스크를 쓴 채 카메라를 보고 있다. 사방이 어두운 데다 긴 머리로 얼굴을 가려 누군지 알아볼 수 없었다. 미세하게 떨리는 어깨, 영혼이 빠져나간 듯한 공허한 눈빛을 마주하자, 뭐라 표현하기 힘든 통증이 느껴졌다. 먹잇감을 궁지에 몰아넣고 이 상황을 즐기는 길성배의 축축한 휘파람 소리, 「섬 집 아기」가 영상 속에서 들려온다. 당장 화면 속으로 손을 뻗어 녀석의 목을 비틀어 버리고 싶었다. 귓가에 소름 끼치게 착 달라붙는 휘파람 소리, 그건 분명 악마의 음성이었다.

지선희는 지금 어디에 있을까? 혹시 선정이처럼 위험한 생각을 하는 건 아닐까? 불길한 생각에 어쩔 줄 몰라 하는데, 나를 안심시키듯 선희가 보낸 문자가 도착했다.



*

약속 시간보다 5분 일찍 '달 토끼'에 도착했다. 무인 카페엔 테이블 네 개와 자동 음료 추출 기계만 달랑 세팅되어 있을 뿐, 손님은 아무도 없었다. 약속 시간이 5분 지나자, 160cm 정도 되는 작은 키에 마스크와 검은 야구 모자를 꾹 눌러쓴 선희가 카페로 들어왔다. 급하게 뛰어왔는지 선희는 땀범벅이었다. 나는 아이스아메리카노 두 잔을 뽑아 테이블 위에 올려놓았다.

"물류 센터에서 새벽부터 알바하고 오느라 좀 늦었어요. 죄송합니다."

선희는 마스크를 벗고 내 눈을 정면으로 마주했다. 당

당함과 총기가 느껴졌다. 무엇보다 지난밤 그 끔찍한 일을 겪고도 새벽 아르바이트까지 하고 왔다니, 그저 놀라웠다.

"저 선배 알아요. 1학년 때 잠깐 북태그 동아리 기웃거리다 나왔거든요. 지금 알고 싶은 건 한 가지예요. 카메라, 왜 설치했어요?"

"그게……, 이해하기 어렵겠지만 널 찍으려고 한 게 아니야. 아, 뭐부터 설명해야 할지 모르겠다."

"기말고사 기간에 설치했죠? 그때 저, 간이 탈의실 안에 있었어요."

전혀 생각 못 한 일이다. 대기실의 탈의실 안에서 이 아이가 날 보고 있었다니. 선희는 나에게 왜 연락한 걸까? 갈피를 잡을 수 없는 반전에 마음이 허둥댔다.

"제가 좀 직진형이에요. 불편해도 그냥 들어 주세요. 작년에 아빠가 막노동하다 어깨를 다쳤어요. 그때 같은 반 친구가 링크를 하나 보내 줬어요. 용돈벌이로 하기 좋은 게임이라고. 그게 시작이었죠. 흔히 보던 달팽이 게임이랑 똑같아서 경계심이 없었어요. 하다 보니 약간 돈을 따서 아빠 병원비도 보탰죠. 그 이후론 뭐, 많이 잃었어요. 없는 형편에 70만 원을 날리니까 충격이 크더라고

요. 학교에 돈을 빌려주는 총판이 있다는 걸 그때 알았어
요. 제가 돈이 필요한 걸 귀신같이 알고 시원하게 대출을
쏴 줬어요. 딱 100만 원 빌린 게 다예요. 그 후로는 도박
근처에 얼씬도 안 했는데, 이자가 눈덩이처럼 불어나더
니 갚고 또 갚아도 빚이 400만 원 넘게 남았어요.”

“너도 피해자구나. 우리 반에도 협박당하는 친구가 있
거든. 그래서 증거 수집 좀 하려고 카메라 설치한 거야.”

“갚아야 할 이자 금액이 커지니까 놈들이 몸 캠을 요
구했어요. 영상 하나에 100만 원씩 까 주겠다고. 교복
콘셉트로 찍으면 조회 수 터진다고 성배 놈이 개지랄하
는데 돌아 버리는 줄 알았어요. 놈들이 체육관에서 영상
을 찍자길래 대체 어떤 곳인지 몰래 가 봤는데, 그날 선
배를 본 거예요. 처음엔 판이 어떻게 돌아가는지 헷갈렸
어요. 몸 캠을 요구하는 놈들에, 몰카 설치하는 선배까
지. 카메라는 제가 껐어요. 영상을 찍는 제 모습을 선배
가 실시간으로 볼지도 모른다고 생각하니 정말 쪽팔려
죽고 싶더라고요.”

“강영진이 협박하는 대상이 있는 건 알았는데 누군진
몰랐어. 누구인지 알 수 없지만 돕고 싶었어.”

“선배 해커라면서요. 상처 많은 친군데 정말 잘 컸다

고 예전 사서 쌤이 칭찬 많이 했어요. 이상하게 선배를 한번 믿어 보고 싶었어요. 그래서 명찰을 남겨 둔 거예요."

"앞으로가 더 문제야. 네가 덫에 걸려들었다고 생각하고 악랄하게 협박할 게 뻔하거든."

"더 이상 피할 방법이 없었어요. 얼마 전에 길성배가 전화로 쌍욕을 퍼부으면서 그러더라고요. 제대로 된 보호자 없는 너 같은 년이 타깃이라고. 대출 상환 못 하면 몸 캠 다음에는 억지로 마약 먹여서 성매매시키는 게 이 바닥 국룰이니 봐줄 때 잘하라고. 성매매 노예로 살다가 마약에 절어 죽은 여자애들이 행방불명으로 처리된다는 얘기는 정말 끔찍했어요. 무서워서 전화를 피하니까 영상을 찍지 않으면 제 얼굴로 만든 딥페이크 영상을 지인들에게 싹 뿌리겠다고 협박했어요. 한참을 생각했어요. 이러다 못 견디면 죽는 거구나. 선배, 도와주세요. 저, 그 언니처럼 죽고 싶지 않아요."

"그 언니라니?"

"선정 언니요. 텔레그램 채팅방에서 그 언니 몸 캠을 봤어요."

"선정이? 지금 주선정 말하는 거 맞아?"

선희는 아무 말 없이 고개를 끄덕였다. 순간, 초점을 잃은 두 눈으로 허공을 바라보며 선정이가 했던 한마디가 거대한 해일처럼 나를 덮쳐 왔다.

'박제당한 삶. 그 고통을 아는 사람이 있을까.'

"그 선배 영상 한 개가 아니에요. 제가 본 건 두 개인데, 혹시 몰라 저장해 뒀어요. 죽어 버리고 싶을 때마다 생각했어요. 어떻게 하면 놈들한테서 벗어날 수 있을까? 결국, 나도 선정 선배처럼 되는 건가? 놈들이 원하는 대로 갈 때까지 간 다음에 깨달았어요. 숨고 피해서는 절대 이 지옥이 끝나지 않는다는 걸. 놈들이 바라는 대로 서서히 말라 죽을 순 없어요. 놈들을 때려잡든 같이 죽든 방법을 찾을 거예요."

*

선희와 헤어지고, 어두워진 화양구 거리를 발길 닿는 대로 걷고 또 걸었다. 화가가 꿈이라는 선희는 작지만 강단 있는 아이였다. 놈들 때문에 모든 걸 포기할 수 없다면서 힘을 보태 달라고 했다.

발걸음이 어느새 서일고 앞에 와 있었다. 한여름 긴 해가 저무는 시간. 찰나의 영롱한 초록빛을 발하며 하나둘

어스름 속으로 물러나는 아름드리나무들. 흙먼지 날리는 바람 사이로 패딩 코트에 후드를 꾹 눌러쓰고, 푸르스름한 맨다리를 드러낸 채 휘청휘청 걸어가던 선정이의 마지막 모습이 떠올랐다.

나를 만나러 온 그 시간, 선정아, 너는 이미 죽어 있었구나. 마지막 남은 호흡을 겨우 끌어모아 나를 만나러 온 거였구나. 난해했던 선정이의 메시지가 이제야 내 마음에 도착한 느낌이 들었다.

### 메시지

---

살기 위해 하나씩 나를 감추다 보니, 어느 순간 내 삶은 비밀이 되어 버렸어. 죽음은 나답게 살기 위한 마지막 선택이고 전면전이야. 내 죽음을 어리석은 것으로 버려두지 말아 줘. 완벽한 모순에서 벗어나 안식하도록 도와줘.

---

어둠이 내려앉은 운동장 스탠드에 앉아 두려운 마음으로 선희가 보내온 선정이 영상을 열었다. 지옥 속에서 선정이의 두 눈이 나를 바라본다. 뜨거운 수증기로 가득한

욕실에서 샤워하는 선정이. 또 다른 영상에선 얇은 슬립을 입고 침대에서 곤히 잠든 모습이다. 선희는 '희귀템, S고 전교 1등 전라 동영상!'이라는 제목 때문에 선정이의 영상이 화제가 된 것 같다고 말했다. 부르르 스마트폰을 쥔 손이 떨렸다.

'학교처럼 미스터리하고 다이내믹한 곳이 또 있겠어? 멀쩡하던 전교 1등도 자유 낙하해서 죽어 나가는 곳이 학곤데, 뭔 일인들 안 일어나겠어? 도대체가 지루할 틈이 없는 짜릿한 학교가 난 진심 좋더라.'

뱀처럼 징그러운 강영진의 음성이 떠올랐다.

선정이 영상이 어떻게 유출된 걸까? 지옥에 갇힌 친구에게, 나의 다음 장면을 응원한다는 인사를 남긴 친구에게 이제 내가 답장을 쓸 차례다.

# 3 부  Traceback, 악마 의 깃털

**메시지**

---

2월 15일

[Web 발신]

심판의 나팔 소리가 울려 퍼질 것이다.

무덤들이 진동할 것이다!

너의 영혼은 잿더미 속에 잠들었지만,

영원한 지옥의 불길에 다시 깨어나

벌벌 떨게 될 것이다.

죽음은 바람직하고 삶은 증오스럽지.

치욕보다는 지옥을 선택하겠다는

너의 메시지에 흥분돼.

-메피스토

MMS 오전 02:45

# 지옥 속에 갇힌 아이

커다란 날개를 펼친 악마가 깎아지른 절벽 사이를 멋지게 비행한다. 광활한 밤하늘을 유영하듯 우아한 곡선을 만드는 검푸른 날개가 신비롭다. 윤기가 흐르는 저 탐스러운 깃털을 반드시 손에 넣고 싶다. 최대한 높이 손을 뻗어 보지만, 악마는 싸늘한 미소를 머금은 채 고요한 어둠 너머로 유유히 사라진다.

"은호야, 정신 차려."

안타까움에 허우적대는 내 손을 누군가 꼭 잡는다. 완전한 어둠 속에 갇힌 내 영혼을 현실로 불러내는 목소리. 겨우 눈을 떠 보니 지훈이가 걱정스러운 얼굴로 나를 바라보고 있었다. 또 같은 꿈을 꾸었구나. 며칠간 해일처럼

나를 덮친 사건들에 녹다운되어 정신없이 잠에 빠져들었
나 보다.

"식은땀까지 흘리고, 괜찮아? 전화 안 받길래 와 봤
어."

"지금 몇 시지?"

"오전 열 시. 왜?"

"열한 시에 선민 선배랑 만나기로 했거든. 너 아니었
으면 펑크 낼 뻔했다."

"이거라도 먹고 가."

지훈이가 비닐봉지에서 생크림단팥빵과 바나나우유를
꺼내 주었다. 단것을 좋아하는 내 입맛을 너무 잘 아는
녀석. 방금 냉장고에서 꺼낸 듯 시원한 바나나우유를 마
시고 나니 그제야 정신이 들었다.

"지난번에 아버지 야구장 가신 날, 나도 편의점에서
야구 중계 봤는데 아버지가 카메라에 딱 잡힌 거야. 바로
저장해 뒀지. 이거 봐. 진짜 귀여우셔."

관중석에서 팬들과 인사하던 곰돌이 마스코트가 테이
블 위에 망고케이크와 와인을 보고 신나는 스텝으로 아
빠에게 다가간다. 아빠는 곰돌이 마스코트와 악수하고
종이컵에 와인을 따라 준다. 그러고는 곰돌이 마스코트

와 유쾌하게 러브 샷 포즈를 취한다. 카메라가 이 장면을 담는 동안 아나운서의 멘트가 이어졌다.

"케이크와 와인을 가지고 야구장을 찾은 팬도 계시네요. 나만의 방법으로 야구를 즐기는 문화가 대세죠. 곰돌이와 러브 샷까지 연출해 주시는 유쾌한 관람객입니다. 인상이 굉장히 낯익은데, 아, 차영훈 카메라 감독님이시네요. 저희와 야구 중계를 함께했던 방송사 선배님입니다. 선배님, 반갑습니다. 조만간 전화 한번 드릴게요!"

아마도 동료였던 카메라맨이 관중석에서 아빠를 발견해 화면에 담은 듯싶었다. 아빠라는 익숙한 호칭에 가려져 있던 이름, 차영훈. 타인의 목소리로 그 이름을 들으니 낯설었다.

"그러게, 아빠가 귀여운 면이 있어. 나 때문에 포기한 게 참 많으셔. 카메라 잡을 때가 가장 신나는 분인데."

"포기가 아니라 사랑이야. 조건 없이 다 주는 사랑이 있어서 우리가 살아갈 힘을 얻는 거고."

"선정이는 그 누구에게도 사랑받지 못해서 삶을 포기한 걸까? 알면 알수록 참 외로웠겠다는 생각이 들어. 실내 체육관에 명찰을 떨어뜨린 애 말이야. 지선희. 그 아이가 포스터에 도박 사이트를 남긴 게 맞았어. 도박 사이트는 성 착취 동영상을 공유하는 비밀 채팅방과 연결되어 있었고."

"결국 강영진 패거리한테 당한 거야?"

"끔찍해. 선희는 물론이고 선정이 영상도 비밀 채팅방에 유포됐다는 걸 알게 됐어."

"선정이 영상? 그럼, 선정이도 강영진한테 협박당했던 거야? 도박 빚 때문에?"

"모르겠어. 선정이처럼 똑똑한 친구가 도박을 했을까?"

"속사정은 아무도 모르지. 순진한 시온이가 도박에 중독될지 누가 알았겠어? 예전에는 최소 민증 있는 성인만 도박장에 입장했는데, 이제는 1초면 스마트폰에 도박 세상이 펼쳐지잖아. 한번 빠지면 끊는 게 불가능하다고 봐. 가족이랑 주변 사람 돈까지 진공청소기처럼 싹 빨아들이고, 더 이상 돈 나올 구멍이 없으면 정신 병원에 가거나 자살하거나 둘 중 하나가 결말이더라. 뉴스에 갑자기 자살한 군인이나 회삿돈 횡령한 직원 이야기 나오잖아. 캐보면 다 도박 빚 때문이야. 선정이라고 예외일 순 없지."

"게임 중독이랑 별반 다르지 않다고 생각했는데 주변 사람까지 지옥으로 처넣다니 정말 끔찍해. 근데 내가 아는 선정이는 그렇게 어리석은 친구가 아니야. 선희도 스스로 도박에서 빠져나왔고. 선희는 경찰에 강영진 조직을 신고할 생각을 하고 있어. 이번 기회에 강영진이 경찰 조사를 받으면 선정이 억울함도 풀리지 않을까? 선민 선배 만나서 의논해 보려고."

*

오전 열한 시, 약속 장소인 화양 성당 앞 작은 카페에서 선민 선배를 만났다. 지난밤, 꼭 전할 이야기가 있다는 내 전화에 망설이듯 한동안 말이 없던 선민 선배. 훤칠한 키에 하얀 얼굴, 장례식장에서 만났을 때와 달라진 건 덥수룩하게 자란 머리뿐이었다.

"선배님, 그동안 잘 지내셨죠?"

"뭐, 그럭저럭. 다음 주에 가는 방글라데시 의료 봉사 준비 중이야. 고3이라 한창 바쁠 텐데 무슨 일이지?"

"지난번에 문자로 선정이 일에 신경 쓰지 말라고 말씀하셨는데, 죄송합니다. 선정이가 저한테 남긴 부탁을 꼭 들어주고 싶어서요. 사고가 있던 날, 선정이가 저한테 보낸 편지예요."

편지를 읽은 선민 선배는 아무 말 없이 창밖을 내다보

았다. 아담한 벽돌 건물 세 채가 나란히 연결된 화양 성당. 가운데 건물의 삼각형 지붕 아래, 기도하는 성모의 모습이 담긴 스테인드글라스가 햇살에 눈부시게 빛났다. 은은한 종소리가 들리자, 미사를 마친 사람들이 성당 마당에서 여유롭게 담소를 나눴다.

"주일에는 항상 선정이랑 미사를 드렸어. 중고등학교 시절에 아버지가 허락해 준 유일한 자유 시간이었지. 공부 때문에 고통스러워하는 동생이 늘 안타까웠는데 내가 해 줄 수 있는 게 없었어. 그저 얼른 그 지옥 같은 트랙에서 벗어나기만 바랐지. 둘 다 대학생이 되면 같이 축제도 가고 맥주도 마실 수 있을 거라고 생각했는데. 그 녀석이 이제 없다는 사실이 지금도 믿기지 않아."

문자를 주고받으며 참 무심한 사람이라고 생각했는데, 슬픔으로 일렁이는 선배의 두 눈을 보니 이 엄청난 일을 어떻게 전해야 할지 난감했다. 차마 입이 떨어지지 않았지만, 누구보다 선정이가 평안하길 바라는 사람은 가족일 거라는 생각이 들었다.

"아픈 이야기를 꺼내서 죄송해요. 사실 이 편지의 의미를 얼마 전까지 저도 잘 몰랐어요. 그런데 우연한 사건으로 선정이 영상이 텔레그램 비밀 채팅방에 공유되었다는 걸 알게 됐어요."

나는 선정이 영상의 캡처본을 선민 선배에게 보여 주었다. 사진을 넘기는 선민 선배의 표정이 충격과 분노로 일그러졌다.

"이게 도대체……. 누가 우리 선정이한테 이런 짓을 한 거지?"

"최초 유포자가 누군지는 저도 몰라요. 다만 학교 안에 도박과 마약에 연관된 조직이 있어요. 거기에 연결 고리가 있지 않을까 생각합니다. 선정이는 자기를 지워 달라는 부탁을 남겼어요. 경찰 수사가 필요하지 않을까요?"

"알겠어. 동생 일에 신경 써 줘서 정말 고마워. 요새 아버지가 병원 리모델링이랑 최신 의료 기기에 큰돈을 투자해서 여러모로 힘드셔. 기회 봐서 잘 말씀드려 볼게."

선민 선배와 헤어지고 돌아오는 길에 선희에게 메시지를 받았다. 인터넷으로 자료를 뒤져 가며 경찰에 제출할 고소장을 작성하고 있다는 내용이었다. 드디어 사건의 실체가 드러나게 될까? 엉킨 실타래가 풀리는 듯, 오랜만에 희망이 보였다.

하지만 다음 날 저녁, 선민 선배에게서 또다시 답답한
메시지가 도착했다.

아버지가 딸자식 알몸이 세상 구경거리가
된 사실을 들쑤셔서 세상 이목을 집중시키
고 싶지 않으시대. 그냥 가슴에 다 묻겠다
고 하셨어. 마음은 정말 고맙지만, 은호도
선정이 일은 이제 잊어 주었으면 해.

# 저는 성 착취 동영상
# 피해자입니다

선희는 용기도 실행력도 대박인 놀라운 아이였다. 인터넷에서 찾은 자료로 고소장을 쓰더니, '신뢰 관계인 동석'을 신청했다면서 나에게 경찰서에 같이 가 달라고 부탁했다.

"지선희 학생, 영상 촬영도 본인이 하고 텔레그램에 업로드도 직접 했죠?"

"몇 번을 설명해요! 촬영도 업로드도 놈들이 강요했어요. 범죄를 은폐하려고."

"누군가 강요했다는 확실한 증거 있나요?"

순조롭게 풀릴 줄 알았던 경찰 조사는 깊은 도랑에 빠진 바퀴처럼 앞으로 나가지 못했다. 금테 안경을 낀 긴 얼굴, 40대 초반으로 보이는 사이버 범죄 수사 팀 황준호 형사는 원칙에 입각한 조사가 중요하다고 강조했다. 상대의 동의 없이 신체를 촬영하고 유포, 협박, 전시하는 행위를 디지털 성범죄라고 하는데 선희는 영상 촬영과 업로드를 스스로 했기 때문에 범죄가 성립되지 않는다고 했다. 미꾸라지 같은 놈들. 법망을 빠져나갈 방법을 훤히 아는 강영진 조직은 생각보다 치밀하고 교활했다.

"영상을 셀프로 촬영하고 텔레그램에 직접 업로드한 사건을 디지털 성범죄로 볼 수 있을까? 원만하게 합의하는 게 어때? 빚 독촉하는 피고소인은 그냥 중개자야. 그동안 이자를 암호 화폐로 보냈다면서? 이런 경우는 실제 대출업자가 누군지 찾기가 쉽지 않아. 뭐가 이득인지 신중하게 생각해 봐. 영상 속 인물이 지선희 학생인지 비디오 분석 전에는 확인도 불가능해. 마스크로 얼굴 다 가려서 누군지 알 수도 없는데, 가만있으면 조용히 지나갈 일을 긁어 부스럼 만들지 말란 뜻이야."

"제가 없는 사실을 조작이라도 했다는 말씀이세요? 제가 촬영을 계속 피하니까 딥페이크 영상을 만들어 친구들한테 싹 뿌리겠다고 협박했어요. 쥐 죽은 듯 있으면 앞으로도 지옥 같은 협박이 계속될 텐데, 형사님 같으면 어떻게 하겠어요?"

"흥분하지 말고. 요새 몸 캠 팔아서 용돈벌이하는 10대도 많아. 한쪽 얘기만 들어서는 진실을 알 수가 없다고."

"형사님, 선희는 매일 화실과 물류 센터에서 알바하면서 집안 생계를 책임지는 착실한 아이예요. 수개월간 계속된 협박, 부당한 이자 갈취, 거기에 집요한 성 착취 영상 요구까지……. 어렵게 용기 내 도움을 청하는 겁니다. 억울함을 풀어 주세요."

"여하튼 증거를 좀 더 찾아서 와. 나도 조사해 볼게."

"일단, 학교 실내 체육관에서 제가 직접 촬영한 영상을 제출하겠습니다. 도박 자금 불법 대출은 물론이고 마약 유통까지 의심스러운 범죄 집단입니다. 잘 살펴 주세요."

삼사일언(三思一言), 세 번 생각하고 한 번 말하라. 사이버 범죄 수사 팀 사무실 벽면에 걸린 대형 액자 속 글귀는 대체 누구에게 하는 말일까? 황준호 형사의 삐딱한 시선과 말투에 선희는 얼굴이 새빨갛게 달아올랐다. 덜덜 떨리는 손과 거칠게 몰아쉬는 숨, 금방이라도 폭발할 것 같은 선희를 겨우 달래 건물을 빠져나왔다.

172

경찰서 주차장을 가로질러 걷는데 노란색 스포츠카가 내 앞으로 천천히 다가왔다.

"은호 맞지? 경찰서에서 만나네."

운전석 창문이 열리더니 파란색 정장을 입은 말쑥한 남자가 미소를 지었다. 연초록 격자무늬에 황금빛 로고가 박힌 명품 넥타이가 썩 잘 어울리는 남자. 귀티가 흐르는 한도영의 얼굴이 반짝반짝 빛나고 있었다. 이따금 눈을 깜박이는 틱 증상이 아니었으면 녀석을 못 알아볼 뻔했다.

"어디로 가, 태워 줄까?"

"사양할게. 얼마 전 밤에 서일고 앞에 왔었지? 이 스포츠카 봤거든."

"그랬어? 사업이 워낙 바빠서 밤낮없이 뛰는 중이야. 하여튼 많이 반갑다, 은호야."

"무슨 사업? 강영진이랑 하는 불법 대부업?"

"하고 싶은 말은 꼭 해야 하는 성격, 은호 넌 참 변한 게 없구나. 질투 나게 닮고 싶은 친구였지."

"자. 살. 유. 발. 자, 같은 막말도 아무렇지 않게 내뱉는 네가 한 수 위지."

"은호 너랑은 만나서 풀어야 할 이야기 많은 것 같아.

안 그래도 지훈이한테 너랑 같이 보고 싶다고 이야기해
뒀어. 한번 보자.”

한도영은 운전석 창문을 천천히 올리며 내 옆에 서 있
는 선희를 오래도록 응시했다. 한도영이 보여 준 행동과
말투는 물 흐르듯 자연스럽고 자신감이 넘쳤다. 강영진
과는 분명 급이 다른, 만만치 않은 상대다.

“저 인간 뭐예요? 눈빛 소름 돋네.”

한도영의 날렵한 스포츠카가 경찰서를 유유히 빠져나
가는 모습을 지켜보며 선희가 말했다.

“신경 쓰지 마. 이제 화실 갈 시간이잖아. 뭐라도 좀
먹자.”

*

선희를 아빠 편의점으로 데리고 왔다. 지혜 누나가 알
바하는 시간인 줄 알았는데, 아빠가 카운터를 지키고 있
어 살짝 당황했다. 야외 테이블에 선희를 앉히고, 편의점
으로 들어가 컵라면과 삼각김밥을 전자레인지에 돌렸다.

“여친이냐?”

“고3이 무슨 연애를 해요. 학교 후배예요. 좀 있다가
알바 가야 한다고 해서 밥 좀 먹이려고요. 괜히 ‘나, 은호

아빠다.' 하면서 알은척하지 마세요. 저 친구, 지금 기분이 별로예요."

"그러게, 엄청 열받은 거 같네. 너 때문은 아니지?"

"아, 제발! 밥 좀 편하게 먹고 가게 관심 딱 끄세요!"

선희는 아랫입술을 꽉 깨물고 연신 손부채질을 했다. 쉽게 화가 가시지 않는 모양이었다. 나는 컵라면과 삼각김밥을 선희 앞으로 내밀었다.

"알바 가기 전에 요기라도 좀 해야지."

"아까 그 형사가 하는 말 들었죠? 하, 제가 돈 벌려고 몸 캠을 팔았다는 거잖아요!"

애써 태블릿 화면을 바라보는 척하지만 아빠의 온 신경이 우리를 향한 게 느껴졌다. 생각보다 커다란 선희의 목소리에 아빠는 화들짝 놀랐다.

"열받지 마. 라면 불겠다. 얼른 먹어. 잘 먹어야 힘내서 싸우지."

"진짜 기분 뭣 같지만, 이 정도로 물러설 거면 시작도 안 했어요. 평범한 여학생이 왜 몸 캠을 찍을 수밖에 없었는지 그 형사가, 아니 세상이 알아먹게 해 줄 거예요."

컵라면에 나무젓가락을 팍 꽂더니, 야무지게 면발을 삼키는 선희가 씩씩해 보였다.

그렇지만 그토록 신속하고 당차게, 선희가 강영진 패거리를 궁지로 몰아갈 줄은 전혀 예상하지 못했다. 화실 아르바이트를 마치고 집에 돌아간 선희는 자정이 다 돼가는 시간, 자신의 SNS 계정 '달려라써니'에 그림 한 장을 올리며 핵펀치를 날렸다.

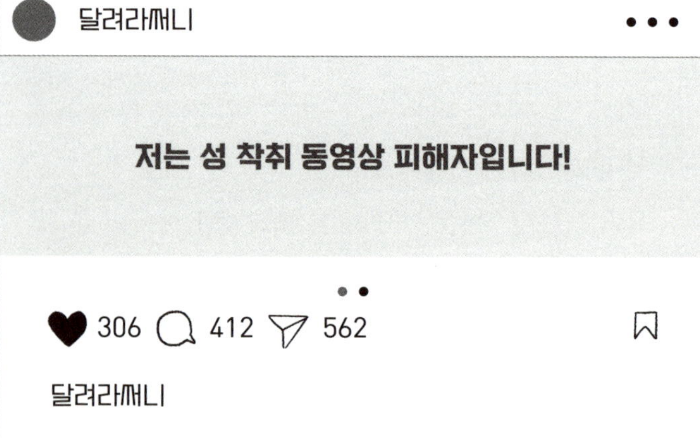


「수산나와 두 장로」, 이 그림은 17세기 여성 화가 아르테미시아 젠틸레스키가 그렸습니다. 카톨릭 성경 다니엘서 13장의 이야기, 두 노인이 목욕하는 수산나를 성폭행하려고 겁박하는 장면입니다. 젠틸레스키가 이 그림을 그린 이유는 그녀 역시 성폭행 피해자였기 때문입니다.

로마 법정은 진술을 검증한다는 명목으로 당시 열아홉 살이던 그녀에게 '시빌레'라는 모진 고문을 가했습니다. 시빌레는 손가락 마디가 으스러질 때까지 끈으로 조이는 고문입니다. 법정은 끔찍한 고통에도 증언을 번복하지 않아야 피해자의 진술을 진실로 인정했습니다. 상대의 죄를 입증하려고 뼈마디가 부서지는 고문을 견딘 젠틸레스키의 심정으로 이 글을 씁니다.

**저는 성 착취 동영상 피해자입니다!**

우연히 접한 사이버 도박에 빠져 교내 도박 총판 조직에서 100만 원을 대출받았습니다. 열흘 만에 원금의 100%까지 치솟는 이자는 살인적이었습니다. 몸이 부서지도록 일해 600만 원 이상 갚았지만, 여전히 400만 원이 남았습니다. 미련하게 도박을 왜 했느냐고 물으신다면 저의 어리석음을 고백합니다. 하지만 단 한 번의 잘못으로 모든 걸 잃어야 할까요?

총판 조직은 이자를 제때 입금하지 않으면 제 얼굴로 만든 딥페이크 영상을 친구들에게 뿌리겠다고 협박했습니다. 그러면서 차라리 자기들이 요구하는 영상을 찍어 빚을 탕감받으라고 회유했습니다. 텔레그램 비밀 채팅방에만 공유되니 안전하다면서…… 수차례 죽어 버릴까 생각도 해 봤지만, 스스로가 불쌍하고 억울했습니다.

인간이 인간에게 가해서는 안 될 모든 폭력 앞에 우리는 분노합니다. 그런데 왜 '성폭력', '성범죄'만은 다를까요? 오히려 피해자가 숨죽이며 피해 사실이 알려질까 불안해하는 현실. N번방 사건 이후, 범죄는 더욱 진화해 되풀이되는데도 우리 사회는 여전히 피해자만 죄의식과 자책의 심판대에 세우고 있습니다.  이제 '성'이란 단어를 빼고 생각해 주세요. 저는 법과 정의가 작동하리라 믿는 이 사회를 향해 더 이상 숨지 않고 구조를 요청합니다. 학교를 고리대금업과 마약 유통이 판치는 무대로 전락시킨 범죄 조직의 실체를 밝히고, 지난 2월 같은 피해를 당해 세상을 떠난 학교 선배와 저의 억울함을 풀어 주세요. 간절히 부탁드립니다.

선희가 SNS로 핵펀치를 날린 그 시간, 나와 아빠 그리고 지훈이는 편의점 야외 테이블에 둘러앉아 지훈이가 만든 두툼한 닭꼬치를 먹고 있었다. 갑자기 시끄럽게 울려 대는 스마트폰을 연 지훈이가 멍한 표정으로 내게 눈짓을 보냈다. 서일고 학생은 물론 많은 네티즌이 빠르게 선희가 올린 게시물을 퍼 나르고 있었다. 선희가 쓴 글은 한마디로 SNS를 폭파했다. 일일이 셀 수 없는 공감, 리트윗, 댓글이 이어지고 있었다.

와, 사이다! 이게 맞지. 폭력과 범죄 앞에 왜 피해자가 숨어야 하나.

써니 님, 응원합니다. 꼭 지켜 드릴게요!

N번방 범죄자 절반이 평균 300만 원 벌금으로 끝! 현실 인식 없는 판사들 때문에 유사 범죄 무한 생성 중.

학교에 피해자가 더 있다니! 게다가 자살이라니. 핵 소름이다.

끝까지 함께할게요! 용기 있는 행동이 악을 몰아내는 첫걸음이 될 겁니다.

얼이 빠져 할 말을 잃은 나와 지훈이를 보고 아빠는 무슨 일인지 꼬치꼬치 캐물었다. 우린 선희가 처한 상황과 선정이의 죽음 이후 서일고에서 일어났던 모든 사건을 아빠에게 말할 수밖에 없었다.

"물러 터진 은호는 그렇다 쳐도 믿었던 지훈이 너까지 감쪽같이 나를 속였던 거냐?"

아빠는 윤기가 자르르 흐르는 닭꼬치를 한입에 털어 넣고는 맥주를 벌컥벌컥 마셨다. 그러고는 심각한 표정으로 나와 지훈이를 번갈아 보더니 갑자기 웃음을 터트렸다.

"그러니까 너희들이 손동호 그 인간을 보내 버렸던 말이지? 정의 실현이네! 4년 묵은 체증이 다 내려간다. 닭꼬치가 꿀맛이야. 세상 참 각박한데 남의 어려움을 그냥 지나치지 않는 너희들이 대견하다. MBS 김화식 기자한테 이 사건 제보하자. 내 후배지만 대단한 기자야. N번방 사건 때도 화식이가 펄펄 뛰면서 열심이었어. 분명 도움이 될 거다. 내가 내일 당장 연락해 보마."

# 연쇄 자살의 시그널

디지털 성범죄 취재 경험이 풍부한 기자님에게 도움을 청할 수 있다니, 천군만마를 얻은 기분이었다. 이 기회를 꼭 잡아야 한다. 다락방으로 돌아와 MBS 홈페이지에서 김화식 기자님의 메일 주소를 찾았다. 제보 메일을 꼼꼼하게 작성하고 그동안 모아 둔 자료를 첨부해 전송하니 새벽 두 시가 넘어 있었다. 선희가 SNS에 올린 게시물을 다시 살펴보았다. 8만이 넘는 조회 수, 수많은 공감과 리트윗으로 새벽인데도 SNS를 뜨겁게 달구고 있었다. 선희의 말이 옳다. 피해자의 공포와 두려움을 파고드는 파렴치한 디지털 성범죄, 그 악의 고리를 끊어야 한다. 선정이 같은 안타까운 죽음이 더 이상 생기지 않도록.

이른 아침, 등교를 준비하는데 반가운 메시지가 도착했다. 아빠가 연락을 취하기도 전에 김화식 기자님이 내가 보낸 메일을 읽고 선희와 인터뷰하고 싶다는 연락을 보내온 것이다.

방과 후, 다락방에서 선희와 함께 기자님을 만났다. 차분한 목소리로 차근차근 사건의 개요를 질문하는 김화식 기자님은 부드러운 매너 속에 날카로운 카리스마가 느껴지는 분이었다.

"사실 지난밤에 선희가 쓴 글을 SNS에서 우연히 접하고 좀 더 자세히 알아봐야겠다고 생각했어. 그런데 마침 은호가 메일을 보내온 거야. '이건 하늘이 맡긴 뉴스다!' 생각했지. 선희가 쓴 글, 명문이던데? 맞아. 젠틸레스키가 법정에 선 지 4백 년이 지났는데도 성범죄에 대한 사회적 인식은 크게 변하지 않았어. 그렇지만 선희처럼 용기를 내는 사람이 있으니 세상은 분명 조금씩 변할 거야. 나도 최선을 다해 도울게."

"기자님, 보내 드린 자료 중에 연주동 팸 A의 스마트폰에 있는 악마 사진 보셨나요? 지난 2월에 저희 학교에서 자살한 선정이라는 친구 스마트폰에도 똑같은 사진이 있었는데, 어떻게 된 걸까요? 최근에 친구 여동생도 같은 사진을 전송받아서 걱정돼요."

"은호가 연주동 팸 A 사건과 선정이 사건을 연결 지은 거, 아주 날카로웠어. 자살 라이브 방송이 워낙 쇼킹해서 그 부분에 집중하느라 악마 사진을 무심히 지나쳤어. 그 사진이 정말 죽음의 시그널일지도 모르겠네. 연주동 팸 A 자료와 주변 인물, 다시 파 볼게. 어쩌면 배후가 엄청난 사건일지도 몰라."

"기자님, N번방 사건도 취재하셨다면서요. 세상이 경악한 이슈였지만, 그런 끔찍한 사건이 제 일이 되리라곤 단 한 번도 생각해 본 적이 없었어요. 지금도 왜 제가 피해자가 되어야 하는지 이해가 안 돼요."

"안타깝게도 N번방 사건 주모자 몇 명을 빼고는 대부분 벌금형으로 끝났어. 대한민국 디지털 성범죄는 솜방망이 판결을 먹고 자란 셈이지. 가장 큰 문제는 수사도 보도도 온통 피해 여성한테만 초점을 맞춘 자극적인 이야기로 도배되었다는 거야. 성 착취 영상과 스리 콤보로 연결된 불법 사이버 도박과 마약 범죄의 연결 고리를 밝혀내지 못한 게 패착이야. 도박, 마약, 성 착취 영상 유포는 몸통이 하나인 피라미드 범죄야. 그 핵심을 놓치지 말아야 해."

"교내 총판 조직을 뒤에서 조종하는 친구를 알아요. 한번 만나서 정보 좀 캐 볼까요? 인근에서 스마트폰 매장을 하고 있어요."

"그런 친구를 중간 보스라고 해. 조직 안에서 눈에 띄는 친구에게 도박 사이트 관리를 맡기고 사업 자금도 대주지. 총판 조직원한테는 중간 보스가 선망의 대상이야. 고급 외제 차에 명품으로 도배하고 럭셔리한 생활을 하니까. 그런데 진짜 우두머리는 그 뒤에 있는 경우가 많아. 방송 보도가 나가면 조직 안에서 꼬리 자르기가 시작될 거야. 그 전에 쓸 만한 정보를 수집해 두면 도움이 될 수도 있지. 그런데 위험하지 않겠어?"

"동행할 친구가 있으니까 괜찮아요. 한번 접촉해 볼게요."

*

오후 늦게 내리기 시작한 비가 저녁이 되자 무섭게 퍼부었다. 매장 영업을 마치는 저녁 아홉 시에 맞춰 기장동 택지 개발 지구를 지훈이와 함께 찾았다. 택지 개발 지구의 앙상한 철근 골조물들이 폐허 속에 서 있는 십자가처럼 황량해 보였다. 오가는 사람이 거의 없는 유령 도시에서 한도영은 무슨 일을 꾸미는 걸까? 강영진과 길성배는 장기판 위의 말이다. 뒤에서 말을 움직이는 사람이 한도영이라면 한 번은 놈을 만나야 한다.

나와 지훈이가 매장 안으로 들어가자, 한도영은 매장 출입문과 쇼윈도를 블라인드로 완전히 가린 후 스마트폰 쇼케이스 뒤에 세워 놓은 장스탠드를 켰다. 화이트 톤 천장과 바닥, 골드로 포인트를 준 쇼케이스가 꽤 고급스러웠다. 테이블 위에는 큐브스테이크, 족발, 맥주, 와인이 그럴듯하게 세팅되어 있었다.

"너희들 온다고 해서 딴에는 신경 좀 썼는데 메뉴가 마음에 들지 모르겠어. 우리 지훈이는 치킨보다 족발을 더 좋아했거든."

'우리'라는 단어에 살짝 악센트를 주며 한도영은 지훈이 앞접시에 족발을 올려 주었다. 항상 이랬다, 셋이 있으면 이상하게 겉도는 조합. 표 나지 않게 지훈이를 챙기면서 은근히 나를 밀어내는 한도영이 불편했다.

"지훈이 게임 실력 레전드였는데. 이름 좀 날릴 줄 알았더니 배달하고 있어서 좀 놀랐어."

"놀면 뭐 해. 걷고 뛰고 배달하면서 저절로 운동이 되니까 건강에도 좋아. 내 걱정은 사양할게."

"보기엔 별거 아닐지 몰라도 보육원 출신인 내가 이렇게 사업을 키우기까지 정말 우여곡절이 많았어. 일찍 돈 좀 모았지만 그럴수록 너희들이 그립더라고. 지훈이랑 은호면 믿고 함께 일할 수 있을 텐데, 뭐 이런 생각도 들고."

"한도영, 네 절친은 강영진 아니야? 불법 도박 사이트 운영에 마약팔이, 성 착취 영상까지. 뒤에서 조종하는 거, 너지?"

"은호는 촉이 좋아. 근데 조종이 아니라 친구끼리 동업하는 거야. 며칠 전 경찰서에 선희라는 애랑 같이 갔던데. 안타깝지만 SNS에 글 올리고 징징대며 즙 짠다고 달라질 게 별로 없을걸. 영진이는 돈 빌려준 대출업자가 성화를 부리니까 빨리 입금해야 한다고 안내한 거뿐이야. 알다시피 텔레그램 암호 화폐 거래 내역은 찾기 힘들고. 영상은 선희가 셀프로 찍어 올렸고. 아무리 난리굿을 쳐도 끽해야 학폭 8호 강제 전학 처분 정도일걸? 전학 가면 영진이나 성배는 오히려 땡큐지. 왠지 알아? 전학을 다닐수록 사업망이 넓어지거든. 경찰도 한두 번 조사한다고 부르더니 거리가 없으니 별다른 액션도 없어."

"그렇지 않던데. 2월에 죽은 서일고 3학년, 주선정. 너희랑 관련 있지?"

"음, 선정이가 누구더라?"

한도영은 투명한 크리스털 잔에 와인을 반 정도 따르더니, 천천히 잔을 흔들며 우리를 바라보았다. 누군가 노크라도 하는 것처럼 굵은 빗방울이 굳게 닫힌 유리문을 툭툭 두드렸다. 곧이어 적막을 찢는 날카로운 파열음이 들려왔다. 한도영 손에서 미끄러진 크리스털 잔이 대리석 바닥에 산산조각이 났다. 피처럼 섬뜩한 검붉은 와인이 잔물결을 이루며 하얀 바닥 위로 서서히 퍼져 나갔다.

"이렇게 죽어 버린 애? 선정이라는 아이, 은호 너랑 무슨 사인데? 왜 궁금하지?"

하얀 얼굴에 싸늘한 미소를 띠고, 두 눈을 연신 깜박거리며 한도영이 말했다.

"지금 지옥 속에 있으니까, 그 아이가."

"똑똑하다고 자부심 쩌는 애들이 더 미친 듯이 빠지는 게 도박이야. 개들은 지는 게임을 해 본 적이 없으니까. 다 끝난 일 괜히 이리저리 들쑤시다 은호 너까지 지옥에 빠질 수 있어. 위험한 게임은 그만하지. 펜타닐에 절어다 죽게 생긴 정태경한테 영진이가 충고 좀 한 걸, 영상으로 찍어 경찰에 제출했다면서? 하는 일이 해커야, 파파라치야?"

"경찰에 내통자가 있구나. 그런다고 너희가 벌인 일이 덮일 거 같아?"

"지훈아, 앞서가지 마. 사업하며 알게 된 인맥에 기름칠이나 가끔 하는 정도니까. 어린 시절 흉허물 다 덮어 주던 내 친구 지훈이는 이제 없는 건가? 무지 허탈하네. 그리고 장지훈 절친 차은호, 잘 들어. 뭘 알고 있든, 뭘 하려고 하든, 이제부턴 아무것도 하지 마. 네가 진짜 지켜야 할 게 뭔지 잘 생각해. 어머니 돌아가시고 아버지랑 둘뿐이잖아. 옛 친구라고 커버 치는 거, 여기까지야."

"커버 쳐 달라고 한 적 없는데? 선정이 죽음, 너희들이 벌인 일인지나 말해. 이 악마 사진, 너희들이 뿌린 거야?"

스마트폰에 저장해 둔 악마 사진을 내밀자 한도영은 흥미롭다는 표정으로 한참 동안 사진을 바라보았다.

"팩트를 알려 줄게. 아무리 애써도 누가, 왜 보냈는지 알 수도, 찾을 수도 없을 거야. 그러니까 더 이상 선 넘지 마. 지옥에 있는 아이 건지려다 지옥에 빠진다는 말, 농담 아니야."

"한도영. 엄청 쫄리나 본데 은호 건드리지 마. 그리고 앞으론 다시 볼 일 없으면 좋겠다. 한때 친구로 지냈던 기억, 깔끔하게 지울게."

한도영이 선물했던 스마트워치를 지훈이가 탁자 위에 올려놓았다. 한도영의 눈빛이 출렁였다. 허탈함과 상실감을 숨길 수 없는 녀석의 표정. 분명 마음 깊은 곳에서 무언가 무너져 내리고 있었다.

그때, 한도영의 충고에 귀 기울여야 했을까? 다시 돌아간다면 지켜야 할 세상을 위해 난 다른 선택을 할 수 있을까? 상처받은 한 마리 짐승처럼 웅크린 채 와인 잔을 기울이는 한도영을 남겨 두고, 나와 지훈이는 한 치 앞이 보이지 않는 폭우 속으로 뛰어들었다.

*

며칠 전 자신을 성 착취 영상의 피해자라고 밝힌 여고생의 글이 SNS에 올라왔습니다. 해당 게시 글을 작성한 G양을 직접 만나 인터뷰한 내용을 MBS 뉴스가 단독 보도합니다.

지난해 가을 G양은 교내 불법 도박 총판 조직에게 100만 원의 도박 자금을 빌린 후, 매일 원금의 10%씩 쌓이는 높은 이자로 고통받았습니다. G양이 이자를 연체

하자 총판 조직은 성 착취 영상을 촬영해 자신들이 알려
주는 텔레그램 비밀 채팅방에 올리라고 수차례 협박했습
니다.

📞 **피해자 통화 녹취**

야, 이년아. 제 어미 닮아 양심 가출한 년. 남의
돈 태워 도박하니 째지게 좋았지? 내가 무슨 자
선 사업하는 줄 아나 본데, 재미를 봤으면 몸뚱
이라도 팔아서 갚아야 할 거 아니야!

G양이 이들을 고소했지만, 경찰은 G양이 직접 영상을
촬영해 텔레그램 채팅방에 올렸기 때문에 사이버 성범죄
에 해당하지 않는다면서 G양을 돌려보냈습니다.

MBS 뉴스가 또 다른 제보자를 통해 확인한 사실은 충
격적이었습니다. 학교 안에는 불법 대출로 고통받은 피
해자가 더 있을 뿐 아니라, 총판 조직이 마약 유통에 가
담한 정황도 포착되었습니다. 지난 2월, 학교에서 자살
한 S양의 몰카 영상도 텔레그램 비밀 채팅방에서 공유된
것으로 밝혀졌습니다.

성범죄를 바라보는 우리 사회의 굴절된 시각에 일침을

가한 여고생 G양, 우리는 그 호소에 이제 어떤 답을 해야 할까요? MBS 뉴스, 김화식입니다.

디지털 성범죄 문제에 통찰력과 사명을 가진 김화식 기자님은 추진력까지 갖춘 베테랑이었다. 한도영을 만난 다음 날 MBS 뉴스에 서일고 사건이 보도되었고, 타 방송사에서도 경쟁적으로 사건을 다루면서 여론이 들끓기 시작했다. 경찰의 신속한 수사를 촉구하는 목소리가 높아지자, 화양 경찰서는 강영진과 길성배를 긴급 체포하고 구속했다. 이제야 사건의 실마리가 풀리는 걸까?

철저한 진상 조사를 요구하는 학부모회의 항의 방문으로 학교는 연일 시끄러웠다. 그러나 학교는 경찰 수사에 협조하는 일이 최우선이라며 별다른 공식 입장 없이 침묵했다. 마침 내일모레로 다가온 여름 방학 때까지 시간 끌기를 하려는 게 아닌가 하는 의구심이 들었다.

학교가 아무런 액션도 보이지 않는 것과는 정반대로 네티즌은 선희의 SNS 계정에 계속해서 응원과 격려의 메시지를 보냈다. 서일고 학생들도 선희의 책상 위에 응원 편지와 초콜릿을 올려놓으며 힘을 주었다.

한결 표정이 밝아진 선희와 달리 시온이의 행동은 의

아했다. 배달을 그만둔 시온이는 요 며칠 슬슬 나의 시선을 피할 뿐 아니라, 대화 자체를 거부했다.

"은시온! 오늘은 너랑 꼭 얘기를 좀 해야겠어."

종례를 마치자마자 도망치듯 교실을 빠져나가는 시온이를 따라가 어깨를 돌려세웠다.

"피곤해. 집에 가서 쉬고 싶어."

"네 동생 다슬이는? 먼저 도와 달라고 한 건 너잖아. 네가 꼭 알아야 할 게 있어!"

자포자기와 후회로 극심한 혼란을 느끼는 걸까? 시온이 눈빛이 불안하게 흔들렸다.

시온이와 운동장 스탠드에 나란히 앉았다. 한여름, 지루하고 끈덕진 오후 햇살이 깨진 스탠드 가림막 틈새를 비집고 들어왔다. 시온이는 고개를 푹 숙이고 애써 내 시선을 외면했다.

"다슬이랑 선정이한테 전송된 해괴한 사진들, 얼마 전 자살한 연주동 팸 여학생 스마트폰에서도 똑같이 발견됐어. MBS 기자님이 이 사건 조사 중이야. 이거 봐."

연주동 팸 A의 스마트폰에서 발견된 악마 사진을 시온이에게 보여 주었다. 멍한 눈빛으로 잠시 스마트폰을 응시하던 시온이가 고개를 돌려 허공을 바라보았다.

"메피스토라고 했지? 너 협박하던 놈. 강영진 체포되고 나서도 너랑 다슬이한테 계속 메시지 보내는지 궁금해."

"글쎄, 꼭 말해야 돼?"

"중요해, 피해자가 계속 생길 수 있으니까. 누군가, 아니 범인이 계획적으로 연쇄 자살을 유도하고 있다는 생각이 들어."

"후, 은호야. 애써 줘서 고마워. 그렇지만 더 이상 말할 수 없어. 그냥 난, 독 안에 든 쥐야. 난 절대로 놈이 만든 지옥에서 벗어날 수 없어. 그만 갈게."

깊은 한숨과 함께 자리에서 일어선 시온이가 축 늘어진 어깨에 가방을 메며 중얼중얼 혼잣말을 내뱉었다. 터덜터덜 운동장을 가로질러 교문을 빠져나간 시온이는 다음 날 학교에 나타나지 않았다.

# 해킹, 사라진 꿈

선정이가 보낸 편지를 시작으로 생각지도 못했던 사건에 휘말려 정신없이 보낸 3학년 1학기가 어찌어찌 끝났다. 오늘 저녁에는 여름 방학을 핑계로 김화식 기자님과 선희를 초대해 바비큐 파티를 열기로 했다. 1학기 동안 힘든 시간을 보낸 우리 모두 몸보신이 필요하다며 아빠는 50만 원을 쾌척했다. 장보기와 음식 준비를 맡은 지훈이는 천국의 바비큐와 환상의 비빔냉면을 맛보게 해주겠다며 큰소리쳤다.

여름 방학이 고3에게 주어진 마지막 역전의 시간이라는 조끼 쌤의 뻔한 훈계를 끝으로 방학식이 마무리되었다. 나는 방학 동안 읽을 책을 대출하려고 도서관으로 향

했다. 교정 이곳저곳에서 매미 소리가 스테레오 사운드
처럼 들려왔다.

『해커 활약사』, 『인류의 종말은 사이버로부터 온다』
두 권의 책을 꺼내 도서관 창가 자리 앉아 읽는데, 메시
지 알림이 울렸다. 순간 시끄럽던 매미 소리가 거짓말처
럼 뚝 끊기고, 시간이 멈춘 듯했다. 메시지를 확인하지
않아도 발신자를 알 수 있었다. 가늠할 수 없는 시공간을
가로질러 나에게 도착한 간절한 메시지. 어쩌면 난 이 시
간을 기다려 왔는지도 모른다. 긴긴 미로의 시작이 선정
이였던 것처럼, 문제 해결의 실마리 역시 선정이가 전해
주리라 예감하고 있었다. 깊은 심호흡과 함께 선정이가
보내온 메시지를 열었다.

## 메시지

여름 방학이구나.
작년 여름까지만 해도 2년 후면 나도 오빠처럼 대학
생이 되어 있을 거라고 생각했어. 나에게 그 여름이
생의 마지막 여름이 되리라는 걸 알지 못했지.
스터디 카페를 빠져나와 도서관에서 책을 펼치던 눈

부신 여름날의 오후. 내가 행복하다고 느꼈던 유일
한 순간이야. 그때 넌 창가 자리에서 책을 읽거나 서
가를 정리했지. 넌 항상 내게 익숙하고 친밀했어.

내 삶의 다음 장이 그레트헨이 되는 스토리일 줄은
상상하지 못했어. 뉴스나 인터넷에서 접하는 끔찍한
범죄는 나와는 전혀 관계없는 세상에 일어나는, 낯
선 타인의 이야기라고 생각했지. 그런데 벗어날 수
없는 고통의 시간을 지나며 알게 됐어. 그것은 처음
부터 나와 긴밀하게 연결되어 있었다는 걸. 그 끔찍
한 세계가 바로 '나 자체'라는 걸. 나를 버리지 않으
면 영원히 지옥 속에서 살아야 한다는 걸.

파우스트에게 전해 줘. 당신은 살아서도 죽어서도
영원히 지옥 속에서 살게 될 거라고. 그레트헨의 용
서 따위는 죄의식에서 도피하고 싶은 범죄자의 망상
일 뿐, 애초에 지옥에는 용서란 게 존재하지 않는다
고. 나는 당신을 절대로 용서하지 않는다고.

-청구 기호: 841-ㅁ998ㅅ

---

나는 서가에서 선정이가 전송한 청구 기호를 찾아보았
다. 문학 코너 5단 서가 네 번째 칸, 왼쪽 구석에 존 밀턴

의 『실낙원』이 꽂혀 있었다. 책을 샅샅이 살펴보았지만 별다른 흔적은 없었다. 책을 다시 꽂으려는 순간, 불현듯 중간고사가 끝난 날 도서관에서 꾸었던 꿈이 떠올랐다. 지금 내가 선 이 자리에서 서가 위로 손을 뻗은 채 슬픈 표정을 짓던 선정이. 툭, 바닥으로 떨어지던 눈물 한 방울. 여기 무언가 있다는 확신이 들었다. 다시 살펴보니 5단 서가 안쪽 모서리 틈 사이에 하얀 물체가 끼어 있는 것이 보였다. 깊숙이 손을 넣어 그것을 끄집어냈다. 흰색 케이스를 한 작은 스마트폰이었다. 선정이가 감춰 둔 게 분명하다! 떨리는 마음으로 전원 버튼을 눌러 보았지만, 배터리가 방전되었는지 아무런 반응이 없었다.

선정이의 스마트폰을 가방에 넣고 도서관을 빠져나왔다. 자살을 결심하고 나를 만나러 온 날, 선정이는 도서관에 이 스마트폰을 숨긴 거였다. 얼른 집에 가서 지훈이와 김화식 기자님에게 이 사실을 알려야겠다는 생각뿐이었다. 선정이가 죽고 감쪽같이 사라졌던 스마트폰, 그 속엔 분명 사건의 진실이 담겨 있을 것이다. 사거리 빨간 신호등이 전속력으로 내달리는 나를 잠시 멈춰 세웠다. 가쁜 숨을 몰아쉬며 오색찬란한 빛을 내뿜는 글로리 빌딩 꼭대기의 전광판을 바라보았다. 에메랄드 호텔 위로 터지는 화려한 폭죽, 그 위로 펼쳐지는 악마의 날개. 악마는 금방이라도 전광판을 뚫고 잿빛 하늘로 날아오를 것 같았다.

신호가 바뀌자마자 다시 전속력으로 달렸다. 골목길로 접어들었다. 저 멀리 편의점이 보인다. 이제 곧 반가운 얼굴들을 만날 수 있다.

정신없이 달리던 나의 시간은…… 언제, 어디서 끊어진 걸까.

*

나는 검푸른 먼바다로 떠밀려 간다. 멀리서 누군가 나를 부른다. 깊이를 알 수 없는 물속으로 고꾸라졌다 빠져나오기를 수십 번 반복하자 나를 부르는 목소리가 서서히 가까워진다.

"벌써 죽은 거야? 차은호, 정신 차려야지. 널 이렇게 편히 보내 줄 순 없거든."

나는 다시 물속에 처박혔다. 내 의식은 또다시 깊은 어둠으로 떠밀려 간다. 머릿속에 희미하게 떠오르는 얼굴, 엄마. 엄마가 보고 싶다.

먼바다에서 밀려오는 파도 소리가 귓가에 부서져 내린

다. 따뜻한 바람이 차가운 내 이마를, 감각을 잃어 가는 뺨을 매만진다. 거친 호흡이 편안해지고 나는 검푸른 바 닷속을 유영하는 물고기처럼 멀리 보이는 한 줄기 빛을 향해 헤엄쳐 나간다. 슬픔, 그리움, 좌절, 분노…… 모든 감정이 내 안에서 흘러나와 넓은 바다에 녹아든다. 마침 내 완전한 자유를 느끼는 순간, 한없는 부드러움이 나를 감싸안는다. 해체된 시공간의 틈에서 빠져나온 장면들이 잔잔한 물결처럼 일렁이며 흘러가는 걸, 나는 본다.

엄마를 잃은 시간, 친구 집에서 게임을 하다가 집에 돌아왔을 때 안방 방문을 열어 봤다면 엄마를 살릴 수 있었을까? 내 삶의 일부는 아직 그 시간에 갇혀 있다. 도돌이표처럼 반복하는 후회와 책망. 방문 앞에서 손잡이를 잡고 망설이다 뒤돌아서는, 용서할 수 없는 내 모습. 시간이 지나면서 나와 엄마 사이를 가로막은 문에는 가시덤불이 무성하게 자랐고 빗장이 채워졌다.

그런데 완벽하게 밀폐되어 있던 문이 스르르 열린다. 아침 햇살이 가득한 침대에 앉은 엄마가 나를 보며 환하게 웃는다.

"미안해요, 엄마. 제가 철이 없었어요."

"네 잘못이 아니야. 슬퍼하지 않아도 돼. 우리는 항상 연결되어 있어.”

“엄마, 사랑해요. 이 말 꼭 하고 싶었어요.”

“네 빛이 이끄는 세상으로 가. 따뜻하고 용감한 우리 은호. 엄마 아들이 되어 줘서 고마워.”

엄마가 나에게 손을 내밀었다. 엄마의 부드러운 손이 내 손에 닿자 따스한 한 줄기 빛이 혈관을 타고 온몸 구석구석으로 퍼져 나갔다. 서서히 의식이 돌아오면서 되감기를 한 것처럼 사라졌던 지난 몇 시간의 기억이 스쳐 지나갔다. 골목길에 막 접어들었을 때 둔탁한 무언가에 머리를 맞고 쓰러진 내 모습. 컴컴한 주차장 구석에서 사정없는 발길질에 또 한 번 의식을 잃은 나. 내 머리채를 잡고 물이 가득 찬 욕조에 처넣기를 반복하던 억센 손. 욕조 옆에 쓰러진 나는 물 밖으로 내던져진 활어처럼 경련을 일으키며 울컥울컥 마신 물을 게워 냈다.

정신을 차리고 눈을 떴을 때, 나는 어두침침한 모텔방 1인용 소파에 앉아 있었다. 등 뒤로 차갑고 질긴 무언가가 똬리처럼 두 손을 단단히 묶고 있었다. 건너편 소파에 앉아 나를 바라보는 하얀 얼굴이 천천히 시야에 들어왔다. 산만하게 깜박이는 두 눈, 한도영이다.

“정신 차렸어? 아, 불편하겠다.”

한도영이 손짓하자 현관 앞에 서 있던 검은 복면의 남자가 다가와 결박을 풀어 주었다. 희미한 미소를 짓는 한도영의 표정에는 자신감이 흘러넘쳤다.

나는 주위를 찬찬히 둘러보았다. 내 가방이 활짝 열린 채로 욕실 입구에 버려져 있었다. 쏟아진 책과 물건으로 바닥이 어지러웠다. 선정이 스마트폰은 어디 있지? 테이블 위에 충전 중인 선정이의 스마트폰이 보였다.

"은호야, 난 아홉 살부터 보육원에서 살았어. 술 처먹으면 엄마를 두들겨 패던 아빠라는 인간이 엄마가 도망가니까 그다음에는 나를 패더라고. 어느 날 그 인간이 그러더라. 같이 있으면 도망간 네 엄마 생각이 나서 진짜 널 죽여 버릴지도 모른다고. 그러면서 날 데려간 데가 보육원이었어."

"과거팔이로 네가 벌인 범죄를 합리화하는 거야?"

"네가 뺏어 간 게 뭔지, 넌 모르지? 보육원에 처음 간 날, 하루 종일 아무 말 없는 나한테 몰래 빵을 내밀고 밤새 말벗이 되어 준 애가 지훈이였어. 항상 내 편이었던 장지훈. 네가 끼어들지 않았으면 우린 멀어지지 않았을 거고, 난 험한 세상으로 떠밀려 가지 않았을지도 몰라."

"신박하다. 네가 이렇게 된 게 내 탓이라고?"

“예전이나 지금이나 넌 끔찍하게 재수 없는 놈이야. 나한테 중요한 사람은 이상하게 항상 너를 원해. 맨몸으로 힘들게 이룬 세상을 네가 또 한 번 무너뜨리려고 하는데 참아야 할까?”

“사람이 죽었어. 그러고도 너희는 또 다른 피해자를 만들어 불법 영상을 유포했어. 네가 지키려는 세상 때문에 얼마나 많은 피해자가 더 생겨야 하지?”

“그 애가 죽은 건 내 작품이 아니야. 누구 짓인지 알 수도, 찾을 수도 없다고 분명히 말했지. 나한테도 너한테도 상관없는 일인데 왜 미친놈처럼 파고들지? 팩트는 이거야. 그 애가 자기 발로 자유 낙하해 뒈졌다는 거! 그리고 지옥에 있는 아이 건지려다가 네 인생도 조졌다는 거. 왜 남의 일에 나대? 네가 다 망친 거야, 지훈이까지!”

“무슨 소리야?”

“지훈이가 그동안 돈을 꽤 모았더라고. 밤낮없이 알바를 뛰잖아. 참 멋진 녀석이야. 우리가 관리하는 사이트 중에 가장 핫한 데에 네 이름으로 계정을 하나 팠어. 그 다음엔 뭘 했을까? 지훈이 돈 싹 긁어모아 게임 머니 좀 충전했지.”

“뭐야? 지훈이 계좌 해킹한 거야?”

"왜? 해킹은 너만 할 줄 안다고 생각해? 우리 쪽에도 전문가는 많아. 스마트폰은 절대 안 받겠다고 해서 대신 스마트워치를 미끼로 던졌지. 지훈이가 동기화를 안 해서 애를 좀 먹긴 했지만. 너 깨나길 기다리는 동안 판돈 좀 키워 주려고 했는데. 이런, 벌써 개털 됐네. 어쩌지? 지훈이한테 미안해서."

한도영은 지훈이 계좌에서 2천 300만 원이 인출된 내역서를 테이블 위에 올려놓았다. 그러고는 야비한 미소를 지으며 스마트폰을 내밀었다. 스마트폰은 'deathcitygame'이라는 도박 사이트에 접속되어 있었다. 실감 나는 카지노에서 바카라를 하는 유저의 닉네임은 알리바바, 바로 나다. 게임 머니는 겨우 184만 원밖에 남지 않았다.

가슴속에서 뜨거운 불덩이가 솟구쳐 올라 온몸이 타들어 가는 것 같았다. 머릿속이 까맣게 암전되면서 나는 이성의 끈을 놓아 버렸다. 세상은 '자립 준비 청년'이라는 한마디로 지훈이를 정의하지만, 나는 안다. 보육원을 나와 막막한 성년을 맞이하고 싶지 않아 그동안 지훈이가 얼마나 치열하게 살아왔는지. 지훈이의 꿈을 담은 시간이 이렇게 허무하게 증발하다니. 절대로 한도영을 용서할 수 없다.

"지훈이가 널 용서할 수 있을까? 궁금하네. 이렇게 시나리오를 써 봤어. 뛰어난 해커 차은호는 절친 장지훈이 힘들게 모은 돈을 해킹으로 빼돌려 도박으로 탕진한다. 그러고는 죄책감에 시달리다 모텔에서 자살한다. 어때, 네 엔딩이? 마음에 들어?"

"네가 어떻게 지훈이한테 이럴 수가 있어?"

"날 먼저 버린 건 장지훈이야! 둘 다 이제 그만 잘 가!"

"죽어! 이 새끼야!"

온 힘을 다해 한도영에게 돌진하는 순간, 복면을 쓴 남자가 달려와 내 두 손을 낚아채더니 무차별 난타를 시작했다. 헤어 나올 수 없는 완전한 어둠 속으로 육체도 의식도 점점 더 깊이 빠져들었다. 어디선가 날아든 악마가 거대한 날개로 하늘을 뒤덮으며 희미한 한 조각의 빛마저 몰아냈다. 그 순간, 조금 전에 마주한 도박 사이트에서 느꼈던 기시감, 그 선명한 이미지가 꺼져 가는 희미한 의식을 사로잡았다.

**메피스토, 그가 누구인지 나는 알아 버렸다!**

선정이를 지옥 속에 가둔 그놈. 그놈을 잡아야 한다. 하지만 나는 의식을 잃고 완전한 어둠에 갇혀 버렸다.

# 시크릿 파일

거대한 날개가 바람을 가르는 소리가 먼 곳에서부터 들려온다. 한 줄기 빛이 두루마리 같은 어둠을 서서히 몰아내자, 그 어둠을 쫓아 사라지는 악마의 뒷모습이 보인다. 잠시 후, 커다란 깃털 하나가 살랑이는 바람을 타고 하늘에서 아주 천천히 떨어진다. 팔을 높이 뻗어 깃털을 손에 꼭 쥔다. 위험할 만큼 탐스러운 깃털을.

학교에 침투한 도박 총판의 배후에는 일명 MZ 조폭이 있었습니다. 어제 오후, 고등학생 C군이 하굣길에 납치되는 사건이 발생했습니다. C군은 경기도 파주의 한 모텔에서 네 시간 동안 물고문과 무차별 폭행을 당했습니다. 얼마 전 SNS에 자신을 불법 성 착취 영상의 피해자라고 밝힌 G양을 돕기 위해 C군은 교내 도박 총판의 범죄 행각을 담은 영상을 경찰과 언론에 제보했습니다. C군의 제보로 총판의 핵심 인물들이 경찰에 체포되자 우두머리 한 모 씨는 앙심을 품고 C군을 감금하고 폭행했습니다. 다행히 현장을 급습한 경찰이 한 모 씨 일당을 체포하고 C군을 구출했지만, 현재 C군은 의식을 찾지 못한 채 경기도 화양구의 한 병원에 입원 중입니다. MBS 뉴스 김화식입니다.

지훈이의 스마트폰에서 흘러나오는 뉴스 소리에 눈을 떴다. 창문 너머 아름드리나무의 초록 잎이 아침 햇살을 받아 반짝이고 있었다. 목뒤의 뻐근한 통증을 느끼며 몸을 일으키려 하자, 놀란 지훈이가 내 손을 꼭 잡았다.

"차은호! 무슨 잠을 이렇게 오래 자! 이 자식아, 얼마나 걱정했는지 알아?"

"폰, 선정이 스마트폰 어디 있어?"

"다락방에 잘 갖다 놨어. 다 죽어 가면서도 나한테 선정이 스마트폰 챙기라고 했던 거, 기억 안 나?"

침대 각도를 높여 나를 앉히고 지훈이는 유리잔 가득

물을 따라 왔다. 그러고는 곧장 아빠에게 전화를 걸어 내가 깨어났다는 소식을 전했다. 환한 미소를 짓는 지훈이의 맑은 두 눈에 왈칵 쏟아질 것 같은 눈물이 고였다. 그 선한 눈을 바라보자 마음이 찢어질 듯 아파 왔다.

"아버지, 밤새 여기 계시다가 좀 전에 나랑 교대했거든. 다시 오신대."

"미안해, 지훈아. 네가 모은 돈……."

"됐어, 살아왔으니까 다 괜찮아. 만약에 네가 멀쩡하게 돌아오지 못했으면 내가 무슨 사고를 쳤을지 몰라. 그깟 돈이야 다시 모으면 되지."

설움인지 미안함인지 알 수 없는 감정이 북받쳐 눈물이 터져 버렸다. 지훈이가 나를 가만히 안고 등을 토닥였다. 그때 병실 문이 활짝 열리더니, 아빠가 뛰어와 나와 지훈이를 얼싸안았다. 한동안 우리는 그렇게 아무 말 없이 서로를 꼭 안았다. 아빠는 어깨를 들썩이며 흐느꼈다. 그동안 내 앞에서 무심한 척, 괜찮은 척, 꼭꼭 묻어 두었던 아빠의 슬픔이 내 마음으로 흘러들었다.

"죄송해요. 잘하려고 노력했는데 늘 걱정만 끼치고. 엄마 떠났을 때 저 원망 많이 하셨죠."

"무슨 소리! 그건 사고지. 잘못이 있다면 아픈 엄마 혼자 두고 매일 집을 비운 아빠한테 있지. 아빠는 단 한 번도 너 때문이라고 생각해 본 적 없어. 엄마도 네가 힘들어하는 모습 절대 원치 않는다. 은호야, 이제 걱정 안 해도 돼. 그놈들 싹 다 잡혀갔다. 너만 건강 되찾으면 돼.”

“김화식 기자님이 경찰 대동하고 가서 한도영 패거리 한 방에 잡아넣었어. 너 납치하고 폭행한 거 여러 방송사 뉴스에 나가니까, 여론이 광분의 도가니다.”

나를 살린 건 지훈이였다. 그날 내가 바비큐 파티에 나타나지도 않고 전화를 받지도 않자, 지훈이는 친구 찾기 앱으로 내 위치를 확인했다. 그리고 경찰을 대동한 김화식 기자님과 사건 현장을 급습했다. 골목길에서 머리를 맞고 쓰러진 내가 잠시 의식이 돌아와 모텔 지하 주차장에서 한도영 패거리와 몸싸움을 벌일 때, 주머니에서 떨어진 내 스마트폰이 주차장에 세워져 있던 자동차 밑으로 들어간 것이다. 한도영은 내 스마트폰이 주차장 바닥에 떨어진 줄 모르고 가방에 있던 선정이 스마트폰을 내 것으로 착각했다. SOS를 치지 않았는데도 달려온 지훈이, 그리고 기가 막힌 타이밍에 도착한 선정이의 스마트폰이 나를 구한 것이다.

들끓는 여론으로 사건은 화양 경찰서에서 경기 경찰

청 광역 수사대로 이관되었다. 경찰이 압수한 한도영의 스마트폰에는 내가 물고문을 당하는 장면이 생생히 담겨 있었고, 그 영상은 뉴스마다 자료 화면으로 자주 노출되었다.

아빠는 뉴스를 애써 외면했다. 모자이크로 가려졌지만, 너무나 쉽게 내가 물고문당하는 장면이 연상돼 숨이 막혀 온다고. 나 역시 마음이 편치 않았다. 유튜브에 접속할 때마다 불쾌하도록 친절한 알고리즘이 관련 뉴스와 영상을 내 스마트폰에 전시했다. 네모 박스에 반듯하게 포장되어 배달된 수백 개의 랜덤 폭탄처럼. 그 박스를 개봉하는 일에는 용기가 필요했다.

물고문으로 수차례 의식을 잃고 쓰러진 탓에 파편화된 기억이 뉴스를 보며 가지런히 정렬되었다. 교체 시기가 지났는지 불규칙하게 깜박이던 조명. 두 손이 꽁꽁 묶인 채로 욕조에 머리가 처박힐 때마다 엄습하던 차디찬 죽음의 공포. 그보다 더 고통스러웠던 건 폭력 앞에 힘없이 무너지는 존재의 연약함이었다. 그 순간 나는 몹시 살고 싶었고 동시에 강렬하게 죽고 싶었다. 인간이란 이토록 가련하고 연약하구나. 죽음의 입구에서조차 사그라지지 않는 끝없는 상념이 콸콸 흘러넘치는 물속에 영원히 수

장되기를 바랐다. 죽음의 냄새가 가득한 폭력의 시간을 복기하면서 비로소 나는 선정이의 고통을 진심으로 이해할 수 있었다.

'나'라는 존재가 사라져도 '박제된 나'는 무한 복제되어 어둠의 세계를 유령처럼 떠돌게 되리라는 끔찍한 진실. 내가 모르는 누군가가 나를 마음대로 재생하고, 멈추고, 더듬으며 능멸의 대상으로 삼게 될 것이라는 변치 않을 사실. 그것은 명백한 집단 강간이었다. 한순간의 안식도 허락하지 않는 무한한 폭력 앞에 무너지지 않을 영혼이 있을까? 완벽한 안식을 누리고 싶다던 선정이의 목소리가 마음을 아프게 파고들었다.

이 모든 범죄를 섬세하게 구상하고 실행한, 뱀처럼 교활한 놈을 반드시 잡아야 한다. 어둠 속에 존재를 숨기고, 연쇄 자살을 유도한 악의 대리인. 얼마나 많은 피해자가 더 있는지, 이 순간 또 어떤 범죄를 실행 중인지 예측 불허한 놈을 잡아야만 안타까운 희생을 막을 수 있다. 나는 병실에서 메피스토를 잡기 위한 계획을 수십 번 시뮬레이션해 보았다.

*

의식을 되찾은 지 사흘이 지난 밤, 아빠가 편의점 새벽 근무를 하러 간 사이 몰래 병실을 빠져나와 다락방으로 돌아왔다. 선정이의 스마트폰이 책상 위에 올려져 있었다. 전원 버튼을 눌렀다.

지훈이 돈이 공중분해된 도박 사이트 deathcitygame을 본 순간, 나는 메피스토가 누구인지 직감했다. 이제 흩어진 조각을 하나씩 맞추면서 Traceback, 놈을 역추적할 차례다.

경쾌한 소리와 함께 선정이의 스마트폰이 켜졌다. 배경 화면에 '파일을 번호순으로 열 것'이라는 안내 문구가 보였다. 모든 앱이 삭제된 스마트폰에는 이름을 번호로 표기한 다섯 개의 파일만이 남아 있었다.

1

### 메시지

---

은호에게

네가 여기까지 왔다면 모든 게 밝히 드러났을 거라

생각해. 고3인 네게 너무 많은 짐을 지워서 미안해. 이유는 모르겠어. 너라면 피하거나 포기하지 않고 끝까지 사건의 베일을 벗겨 줄지도 모른다는 믿음이 있었어. 내가 알아낸 메피스토와 관련된 자료를 이 스마트폰에 담았어.

혹여나 이 메시지가 네게 도착하지 못한다 해도 너는 내 이야기를 진심으로 들어 주었던 단 한 사람이야. 고마워, 은호야. 내 친구가 되어 줘서.

두 번째 파일은 출력해서 파우스트에게 전해 주면 고맙겠어. 빛나는 너의 다음 장면을 먼 곳에서 응원할게.

---

선정이는 이 메시지를 적기까지 얼마나 많은 밤을 고통 속에서 지새웠을까. 네 말처럼 어쩌면 비슷한 상처를 공유한 우리, 진심 어린 너의 응원을 잊지 않을게. 그리고 너를 꺼지지 않는 고통의 불구덩이로 몰아넣은 놈을 반드시 내 손으로 잡고 말겠어.

선정이는 놈을 메피스토라고 부르고 있다. 다슬이를 협박한 놈 역시 메피스토다. 내가 예상했던 하나의 퍼즐이 맞춰졌다. 그런데 파우스트는 누굴까?

212

## 2

## 메시지

---

나에게 지옥을 선물한 파우스트.

나에게도 당신에게도 똑같이 비밀스러웠던 모든 것이 베일을 벗었습니다.

하지만 나는 죽었고 당신은 흥건한 피가 흘러넘치는 도시에서 살인자의 얼굴을 숨긴 채 살아가고 있습니다.

살아서도 죽어서도 나는 당신을 용서하지 않겠습니다.

이제 『파우스트』의 결말은 다시 쓰입니다.

살아서도 죽어서도 당신은 영원히 지옥에 거하게 될 것입니다.

이것이 내가 아는 주님의 선하심입니다. 아멘.

---

메시지를 읽으며 혼란에 빠졌다. 지금까지 나는 메피스토가 선정이를 죽음에 이르게 한 범인이라고 생각했다. 그런데 선정이는 범인으로 파우스트를 지목하고 있다.

## 3

### 메시지

---

* www.pandemonium.net
* www.deathcitygame.net

---

세 번째 파일에는 메피스토를 특정할 명확한 증거가
담겨 있었다. 빛과 어둠의 세계에서 악마의 양 날개가 되
어 준 두 개의 사이트. 놈의 정체를 밝히기 위해 선정이
는 차근차근 증거를 수집하고 있었다. 선정이는 죽음으
로 놈과의 전면전을 선포한 것이다.

## 4

### 메시지

---

"치욕을 견디며 사느니 지옥을 선택하겠다고? 하나
님이 설계한 지옥도 이제 업그레이드가 필요하겠군.
지옥보다 현실이 더 끔찍하다는 걸 눈치챈, 너처럼

영리한 인간에게 지옥 따윈 더 이상 두려움이 아닐
테니까."

"당신은 사탄이야."

"아니, 메피스토는 위대한 중보자야. 타락한 영혼을
찾아내 벌주는 하나님의 심부름꾼."

"왜 나지? 벌을 받아야 하는 사람은 파우스트야!"

"인간의 가장 밑바닥, 진짜 추악함이 언제 드러나는
지 알아? 자기 욕망과 쾌감을 채우려고 자신이 가장
사랑하는 존재를 죽음의 구렁텅이로 처넣을 때야.
그 순간 사랑은 온데간데없이 사라지고, 숨어 있던
괴물이 드러나지. 자기 안의 괴물을 발견한 파우스
트의 삶도 이미 지옥이야."

"이 끔찍한 일들이 당신한테는 게임인 거지?"

"내가 먼저 게임을 시작한 게 아니야. 수백 년, 아니
수천 년간 항상 먼저 나를 원하고 부른 건 파우스트
야. 참을 수 없는 은밀한 욕망을 채우기 위해."

---

네 번째 파일에는 메피스토의 목소리가 담겨 있었다.
자신만만하고 품위가 느껴지는 그 목소리! 선정이가 남
긴 파일은 완벽하게 놈이 범인임을 말하고 있었다.

나는 deathcitygame에 접속했다. 밤하늘을 다 덮을 듯이 커다란 날개로 깎아지른 절벽 사이를 멋지게 비행하는 악마의 모습, 익숙한 오프닝 영상이 모니터를 가득 채웠다. 거대한 에메랄드 호텔 위로 회원 가입 메시지가 떴다. 메타버스 기술로 만든 도박 사이트, 모든 게 〈판데모니움〉과 데칼코마니처럼 닮아 있다. 합법의 테두리 안에 있는 온라인 카지노 게임 〈판데모니움〉, 어둠에 속한 불법 도박 사이트 deathcitygame. 두 세계를 박쥐처럼 오가며 프로그램을 설계한 자, 내 아이디 알리바바를 아는 자, 판테온 게임스의 부사장 다니엘 정. 놈이 바로 메피스토다!

Traceback, 역추적을 개시했다. 메일함을 열어 지난번 가상 회의 후에 다니엘 정이 보내온 제안 메일을 찾았다. 나는 〈판데모니움〉 유럽 베타 버전 보안 테스트를 맡아보겠다는 답장을 보냈다. 물론 메일에 첨부한 이력서와 자기소개서 PDF에 악성 코드를 숨겨 두었다!

# 어디에도 없는 사람

다락방 창문 너머로 어둠이 물러가고 이른 새벽빛이 하늘을 붉게 물들였다. 시원한 공기를 마시고 싶어 옥상으로 나갔다. 〈판데모니움〉 광고가 글로리 빌딩 전광판에서 여전히 오색찬란한 빛을 내뿜고 있다. 다니엘 정, 놈은 대체 어떤 세상을 꿈꾸고 있을까? 지옥의 도성, 판데모니움을 확장해 빛과 어둠의 세상 모두를 자신의 발 아래 두고자 하는 걸까? 베일에 가려진 놈의 실체를 과연 밝혀낼 수 있을까? 다니엘 정은 뛰어난 프로그래머다. 놈의 기기가 운 좋게 악성 코드에 감염된다 해도 나에게 주어지는 시간은 많지 않을 것이다. 시뮬레이션했던 대로 놈이 저지른 범죄를 입증할 결정적인 자료를 빠르게 수집해야 한다.

딩동, 스마트폰에서 이메일 알림이 떴다.

"나이스!"

나도 모르게 함성이 튀어나왔다. 악성 코드를 담아 보낸 메일을 놈이 수신했다. 다락방으로 돌아와 노트북을 펼쳤다. 원격으로 악성 코드에 감염된 놈의 스마트폰을 조심스럽게 열어 사진첩을 살폈다. 선정이의 스마트폰에 저장되어 있던 절벽에 매달린 나무 관, 눈에서 피를 흘리는 인형, 커다란 날개를 펼치고 날아가는 악마 사진이 모두 저장되어 있었다. 어둠의 밀실처럼 놈의 스마트폰에는 변태적이고 기괴한 사진으로 가득했다. 나는 놈의 사진첩을 다운로드했다.

나는 deathcitygame의 관리자 계정을 해킹했다. 24시간 잠들지 않는 불법 도박 사이트답게 이른 아침에도 실시간 접속자가 400명이 넘었다. 후, 큰 숨을 내쉬었다. 놈이 눈치채기 전에 지훈이의 피 같은 돈부터 원상 복구해야 했다. 알리바바 계정에 권리자 권한으로 2천 300만 원을 충전하고 내 계좌를 연결해 송금했다. 통장에 입금된 돈을 확인하고 계정을 삭제했다.

이제 놈에게 핵펀치를 날릴 가장 중요한 자료, 고객 정보 파일을 빼내야 한다! 사이트에 저장된 고객 정보 파일 중 먼저 VIP 명단을 다운로드하며 살펴보았다. 주민 등록 번호, 연락처, 성별, 나이, 거주지는 물론 직업까지 꼼꼼하게 기록된 명단에서 공무원, 의사, 교사, 연예인 같은 직업을 발견하니 헛웃음이 나왔다. 하지만 이건 시작에 불과했다. 종교인, 정치인 심지어 도박 사이트를 수사해야 할 경찰과 검찰까지도 고객이라니! 피라미드 정점에 있는 다니엘 정의 정체가 드러난다 한들, 과연 수사가 제대로 이뤄질 수 있을까? 명단을 살피며 허탈해하던 나는 예상치 못한 이름을 발견하고 충격과 전율을 느꼈다. 왜…… 여기에 이 이름이 있는 거지?

갑자기 다운로드가 중단되었다. 아마도 놈이 해킹을 눈치챈 듯싶었다. 이런 경우를 이미 예상했기에 당황하지 않고 놈에게 메시지를 보냈다.

### 메시지

한국 시간 오전 여덟 시, 내가 보낸 링크를 눌러 화상 회의실에 입장할 것. 시간을 지키지 않을 시, 확

정확히 오전 여덟 시, 다니엘 정이 화상 회의실에 카메라를 끈 채 입장했다.

"그레이트! 차은호가 무슨 일을 벌일지 기대돼서 안 올 수가 없었어. 고객 명단 가지고 무슨 장난을 치려는 거야?"

여전히 흔들림 없이 부드럽고 자신만만한 목소리였다.

"고객 명단, 도박 사이트 운영자끼리 비싼 값에 사고 판다면서? 할 수 있는 일이야 무궁무진하지."

"역시 차은호, 보통이 아니야. 무료했는데 이런 돌발 게임, 짜릿하고 흥미진진해. 유럽 베타 버전 보안 테스트는 솔직히 미끼였어. 처음부터 내가 원한 건 너였거든. 온라인 카지노 산업은 AI 시대에 무료한 잉여 인간이 열광할 수밖에 없는 마지막 금광이야. 〈판데모니움〉 게임 머니가 로토가 될 수 있다는 말도 사실이고. 멋진 외제차에 럭셔리한 인생, 나와 함께하면 네가 경험해 보지 못한 삶이 펼쳐질 거야."

"헛소리를 길게도 하는군. 게임 머니는 현금으로 환전

이 안 되는데 로토가 된다니, 게임 머니를 가지고 뭘 하려는 거야?"

"대한민국에도 온라인 카지노가 합법이 될 날이 멀지 않았어. 한국이 온라인 카지노를 막으니까 사람들이 해외 카지노 사이트에 몰려가 돈을 쏟아붓잖아. 엄청난 세금을 걷을 수 있는 온라인 카지노 산업을 언제까지 막을 수 있겠어? 한국에 온라인 카지노가 합법이 되면 먼저 시장을 지배한 자가 승리하는 거야. 그리고 네가 모르는 게 있는데 지금도 한국 게임 중독자들은 커뮤니티에서 게임 머니를 현금으로 사고팔아. 게임 머니가 현금인 셈이지. 적당한 시기에 한국 버전과 유럽 버전 〈판데모니움〉을 통합해 게임 머니 교환이 가능해진다면? 게임 머니는 코인이 될 거야. 상상만 해도 짜릿하지 않아?"

합법과 불법의 세계를 모두 장악해 더 많은 사람을 지옥의 구렁텅이로 밀어 넣는 것. 놈이 설계한 세상의 밑그림은 생각보다 무섭고 치밀했다.

"메피스토다운 상상력이야. 아주 치밀한 그물을 짜고 있었네."

"오늘처럼 어처구니없이 보안이 뚫리는 거 용납할 수 없는 사고야. 난 가장 완전하고 완벽해지고 싶거든. 같이

일해 보는 게 어때? 그동안 생긴 손해는 깔끔하게 잊어
줄게."

"물고문으로 나를 저세상으로 보내려고 한 사람이 할
말은 아니지 않아?"

"노 노, 일이 꼬여 버렸어. 네 친구 계좌에서 빼낸 2천
300만 원, 그건 협상을 위한 카드였어. 내가 설계한 세
상을 단단한 철옹성처럼 지켜 줄 널 꽤 오래전부터 지켜
봤거든. 한데 멍청한 한도영이 네게 원한이 많았던 모양
이야. 폭력은 나도 혐오해."

"여학생들 협박해서 성 착취 영상 올리고, 연쇄 자살
시킨 건 당신한테 폭력이 아닌 모양이야."

"오해야. 협박이 아니라 거래 위반을 경고한 것뿐이
야. 도박을 하다 보면 누구나 급전이 아주 간절할 때가
있거든. 그런 고객에게 난 아무 조건 없이 돈을 빌려줘.
제때 갚으면 문제 될 게 없지. 아니, 내가 워낙 느긋한 성
격이라 약속한 기한보다 보통 3개월은 더 기다려 줘. 그
런데 적게는 수천만 원, 많게는 수억이 넘는 돈을 쌩까는
고객을 넋 놓고 기다릴 순 없잖아. 너희 학교에서 죽은
여자아이, 선정이였나? 빌린 돈이 겨우 8천만 원이었는
데 정말 지루하게 질질 끌더라고."

“그래서 기괴한 사진이나 보내면서 협박한 거야?”

“협박이 아니라 경고라니까. 아, 그리고 내가 텔레그램에 공유한 영상은 불법이 아니야. 대출을 받은 인간들이 직접 찍어서 보내 준 거니까. 영상 촬영본이 대출 실행을 위한 담보물인 셈이지. 영상 공유는 채무 불이행에 따른 페널티고. 난 도박 자금이 절실한 사람한테 대출해 준 거 외엔 정말 아무것도 한 게 없어.”

놈이 원하는 것은 명징하다. 자신이 구축한 가상 카지노 세상과 현실의 혼재, 사이버 세상을 뚫고 날아올라 검은 날개로 세상을 뒤덮는 것. 놈은 데스 게임을 즐기는 악마다!

“똑똑한 차은호, 잘 생각해 봐. 선정이 영상이 찍힌 장소와 구도, 과연 누구 짓일까?”

“말도 안 돼! 선정이를 그렇게 만든 인간이……, 그럴 수는 없어.”

도저히 상상할 수 없는 사건의 전모에 온몸이 덜덜 떨리고 소름이 돋았다.

“악마! 왜? 어떻게 이런 끔찍한 일을 꾸밀 수가 있지?”

“애초에 인간에게 사랑, 믿음, 희생 같이 고결한 뭔가가 있다고 생각해? 인간이란 스스로 인간이라 착각하며

사는 존재야. 그림자처럼 내면에 스민 악을 감춘 채 인간
인 척하는 괴물이 난 너무 역겹거든."

"그래서 아무 죄 없는 사람을 제물로 삼아 게임을 하
는 거야?"

"게임이 아니라 먼먼 과거부터 절대자가 부여한 메피
스토의 사명이야. 악을 원하면서도 선을 이루는 힘의 일
부. 나 없이는 선도 존재할 수 없지. 유혹, 반역, 파괴 이
게 내가 존재하는 이유야."

"무사할 줄 알아? 메피스토, 내가 꼭 잡아서 죗값 치르
게 할 거야!"

"나도 네 나이 땐 겁이 없었지. 잘 들어. 네가 오늘 해
킹한 사이트 하나쯤은 버려도 상관없어. 새로 사이트 오
픈하고 메시지 날리면 도박에 빠진 인간들은 불나방처럼
돌아오게 되어 있으니까. 경찰에 신고해 봐. 난 어디에나
있지만, 어디에도 없는 메피스토야. 차라리 하나님을 찾
는 게 빠를걸. 아주 만약에 네가 내 그림자 조각이라도
밟는 날엔 지금보다 더 흥미진진한 세상을 보여 줄게. 하
지만 기억해. 계속 날 쫓는다면 그땐 정말 목숨을 걸어야
한다는 거!"

내가 호스트 권한으로 카메라를 켜려고 했지만, 놈은

바람처럼 회의실을 빠져나갔다. 순간이지만 네 개의 검은 날개 문양만이 스치듯 화면에 나타났다 사라졌다. 강영진의 팔뚝에서 본 문신과 같은 문양이었다.

나는 VIP 회원에게 단체 메시지를 발송했다. 한동안 deathcitygame는 회원들의 뱅크 런으로 대혼란을 겪을 것이다.

**메시지**

---

회원 긴급 공지

최근 도박 사이트 단속 강화로 인해 보안 시스템을 업그레이드한 새로운 사이트로 이전합니다. 지금 바로 게임 머니를 현금으로 환전한 후 대기하시면 새로운 사이트를 문자로 안내해 드리겠습니다. 신속한 환전을 부탁드립니다.

---

# 파우스트의 결말

이제 선정이의 간절한 부탁을 실행하는 일만 남았다. 빙의를 과학으로 입증할 수 있다면 바로 그 순간의 나였으리라. 파우스트에게 전해 달라던 선정이의 두 번째 파일을 출력해 선정이가 죽은 날 나에게 보낸 편지봉투에 넣었다. 집을 나와 느릿느릿한 걸음으로 사거리 횡단보도 앞에 섰다. 글로리 빌딩 전광판에는 〈판데모니움〉 광고가 오색찬란한 빛을 내뿜고 있다. 미세 먼지로 뒤덮인 회색 도시. 바쁘게 도로 위를 달리는 자동차, 버스를 기다리는 정류장의 사람들, 아침부터 시끄러운 매미 소리까지. 거리의 모든 풍경과 소음이 흑백 필름처럼 천천히 뒤로 물러나고 그 위로 오직 단 한 사람, 파우스트가 선명한 모습으로 떠올랐다.

횡단보도를 건너 글로리 빌딩으로 들어간다. 엘리베이터에 올라 4층을 누른다. 화양구에 살면서 한 번도 와 보지 않은 곳. 선정이의 죽음과 단 한 번도 연결해 본 적 없는, 아니 절대로 연결되어서는 안 될 사람이 가증스러운 얼굴로 뻔뻔하게 일상을 유지하고 있는 바로 이곳!

"저기, 예약하셨어요? 어머, 그냥 들어가시면 안 돼요!"

데스크에서 급히 일어나 나를 제지하는 간호사의 앙칼진 목소리가 소음처럼 흩어져 버린다. 나는 겹겹으로 가려진 그의 공간으로 예고된 방문자처럼 거침없이 문을 열고 들어선다. 이상하리만치 낯설지 않은 공간, 하얀 가운을 입은 채 나를 응시하는 그의 혼탁한 눈동자에선 아무것도 느껴지지 않는다. 마치 영혼이 텅 비어 버린 것처럼.

'아, 좀비처럼 영혼을 잃은 저 눈빛, 정말 숨 막혔었지. 당신이 쾌락을 위해 내 벌거벗은 몸을 팔아넘겼다는 걸 알았을 때, 진심으로 당신을 죽이고 싶었다.'

절망과 분노에 떨리는 선정이의 목소리가 생생하게 마음에 스민다. 울컥, 무너져 내리는 마음을 추스르며 나는 아무 말 없이 그의 책상 위에 편지봉투를 내려놓는다. 그는 이 순간을 이미 예상한 것처럼 아무것도 묻지 않고 편지를 꺼내 읽는다.

잠시 후, 덜덜 떨리는 두 손에서 편지가 미끄러져 땅에 떨어진다.

"나도 진짜……, 나도 속은 거야. 함정이었다고! 이렇게 될 줄은 정말 몰랐어. 나도 억울해. 모든 걸 다 잃고 코너에 몰린 나한테 돈을 빌려줄 테니 네 영상을 가져오라 했어! 그냥 담보물이라고, 절대 외부로 유출하지 않겠다고! 그놈이 널 협박하고 영상을 유포할 줄은 꿈에도 몰랐어. 내가 그런 게 아니야. 나야말로 다 잃었어. 선정아, 제발 이 아비를 용서해 줘!"

경련이 이는 듯 기괴하게 씰룩이는 얼굴로 그가 지껄였다.

"살인자! 당신은 여전히 내 살을 찢고, 뼈를 바르고, 영혼을 짓이긴 값으로 도박을 즐기고 있잖아? 이제 그만 지옥으로 꺼져 줘!"

갑자기 밖에서 어수선한 소음이 들려온다. 그 소리가 나를 단단하게 밀봉된 시공간에서 현실로 불러들였다. 곧 두 남자가 진료실 안으로 불쑥 등장했다.

228

"경기도 마약 범죄 수사대 진필원 형사입니다. 믿음 가정 의학과 주동훈 원장 맞으시죠?"

"……."

"당신을 마약류 관리에 관한 법률 위반으로 체포합니다. 환자에게 프로포폴을 상습 투약하고 범죄 조직에 의료용 펜타닐을 공급한 혐의입니다. 당신은 묵비권을 행사할 권리가 있으며 당신이 말하는 모든 진술은 법정에서 불리하게 사용될 수 있고, 당신은 변호인의 조력을 받을 권리가 있습니다."

파우스트는 연극의 한 장면처럼 포박당한 채로 20년 넘게 쌓아 올린 권위와 명성의 자리에서 허무하게 퇴장했다.

진료실 벽면에 걸린 나무 십자가의 예수는 한쪽으로 고개를 떨구고 조금 전까지 그가 앉았던 책상을 내려다보고 있었다. 예수의 시선 끝, 책상 위 작은 책꽂이에는 선정이가 도서관에서 대출한 검은색 표지의 『파우스트』가 덩그러니 꽂혀 있었다. 파우스트는 선정이가 왜 이 책을 여기에 가져다 두었는지, 그 의미를 단 한 번이라도 생각해 봤을까?

『파우스트』를 펼쳐 보았다. 결말 부분 한 장이 아주 깨

끗하게 잘려 있었다. 나는 편지봉투에서 잘려 나간 페이
지를 꺼냈다. 진료실 창문을 활짝 열었다. 뜨거운 한여름
의 열기 속으로 『파우스트』의 결말을 갈가리 찢어 흩뿌
렸다. 나 역시 그 순간, 진심으로 파우스트가 지옥에 떨
어지길 기도했다.

# 에필로그

 아직 꽃샘추위가 가시지도 않았는데 아빠는 장작을 나르고 알전구를 그늘막에 두르느라 야단법석이다. 작년 여름 불발되었던 바비큐 파티가 옥상에서 열릴 예정이었다. 3일 전, 그러니까 선정이가 세상을 떠난 지 1년이 되는 날, 내가 추합으로 K대 사이버 보안학과에 마지막 합격자로 뽑혔기 때문이다. 빛나는 나의 다음 장면을 응원한다던 선정이가 준 선물일까.

 그사이 많은 일이 있었다. 마약 유통, 성 착취 영상 유포, 불법 도박 사이트 운영 등 여러 범죄 혐의가 인정된 한도영은 징역 8년을, 강영진과 길성배는 징역 5년을 판결받고 교도소에 수감되었다. 선정이의 아버지, 믿음 가정 의학과 주동훈 원장은 3년에 걸쳐 환자에게 미다졸람과 포로포폴을 불법 투약하고, 마약을 유통하는 조직에게 의료용 펜타닐을 공급한 혐의로 재판을 받고 있다. 주선민 선배는 선정이를 죽음에 이르게 한 아버지의 도박 중독과 범죄에 충격을 받아 작년 11월 현역병으로 입대했다. 재미있는 사실은 손동호 역시 주동훈과 같은 혐의로 구속되었다는 것이다. 손동호가 1년 전부터 환자에게 의료용 마약을 불법 투약한 사실이 경찰 조사에서 드러났다.

갑자기 다락방 방문이 벌컥 열리더니 찬 기운이 훅 밀려들어 왔다.

"선배! 어쩜 제가 알바하는 시간에 바비큐 파티를 할 수가 있어요? 편의점에서 고기 냄새나 맡고 떨어지란 거예요?"

작년 12월부터 아빠 편의점에서 알바를 시작한 선희는 시도 때도 없이 내 다락방을 찾는 불청객이 되었다.

"아, 그게 아니라 김화식 기자님이 저녁에 취재가 몰려 있다 하셔서. 중간에 너도 잠깐 부르려 했어. 근데 넌, 노크란 걸 모르니?"

"이미 편의점에 대타 박아 뒀거든요! 짠, 이거 봐요.

나비에 누가 왔다 갔게요?"

내가 홈페이지를 개설하고 선희가 운영자를 맡은 NABI는 선정이의 온라인 추모관이면서 다양한 분야의 활동가들이 사이버 범죄 피해자를 상담하고 지원하는 허브 역할을 하고 있다. 선정이가 아이디로 사용했던 NABI를 사전에서 찾아보니 히브리어로 '예언자'라는 의미였다. 선희는 NABI를 새로운 세상을 향해 날아오르는 '나비'라는 중의적 의미로 해석해 홈페이지 곳곳에 봄처럼 노란 나비를 그려 넣었다. 벚꽃 아래 미소 짓는 선정이의 사진을 올려 둔 추모관에는 수천 명의 네티즌이 방문해 선정이 영혼의 안식을 바라는 메시지를 남겼다.

함박웃음을 지으며 선희가 내민 스마트폰에는 사진 한 장이 떠 있었다. 백사장처럼 하얗게 펼쳐진 우유니 사막 위로 파란 물감을 풀어 놓은 듯 티 없이 깨끗한 하늘과 몽글몽글한 구름이 비춰 보였다. 김효정 사서 쌤이 NABI 자유 게시판에 메시지를 남긴 것이다.

선정아, 너의 빛나는 시간을 함께했던 일, 너를 곁에서 지키지 못한 일. 모두 잊지 않으려고 해. 네가 남겨진 우리 마음에 한 마리 나비가 되어 찾아오길. 여

김효정 쌤, 잘 계시는구나. 보고 싶고 궁금했었다. 나
혼자 막막한 미로를 헤맨 것 같았지만 이제는 안다. 말없
이 나를 지지해 주고 도와준 사람들이 항상 곁에 있었다
는 걸.

"은호야, 지훈이랑 김화식 기자님 도착했어! 얼른 나
와!"

천국의 바비큐를 선보이겠다며 지훈이가 공수해 온 목
살은 최고였다. 지훈이는 직업 위탁 학교를 수료하고 얼
마 전 서울 5성급 호텔에 막내 셰프로 들어갔다. 호텔에
서 경력을 쌓고 해외로 진출해 요리를 더 배우는 것이 녀
석의 꿈이다.

"이야, 특급 호텔 셰프가 구워 주니까 역시 때깔이 다
르네. 근데 은호야, 이 된장찌개 좀 먹어 봐. 기가 막히
다."

커다란 뚝배기에서 보글보글 끓는 된장찌개를 한 입
떠먹었다. 고소하면서 칼칼한 된장찌개. 엄마의 맛을 그

234

대로 닮았다.

"엄마가 끓여 주던 된장찌개랑 똑같은데?"

"어머니가 나한테만 알려 주신 비법이 있지! 언제든 먹고 싶을 때 말해!"

엄마가 떠나고 편의점 즉석식품으로 끼니를 때우던 나와 아빠에게 따뜻한 집밥의 행복을 되찾아 준 지훈이. 이제 우리는 정말 가족이 되었다.

"화식아, 부럽지? 우리 아들들, 한 명은 셰프고 한 명은 보안 전문가란 말이지."

"당연하죠. 아들들이 훈남이에요. 스릴 담당 은호는 대학교도 스릴 넘치게 추합으로 붙고 말이에요. 은호야, 축하해! 근데 축하할 일 또 있는 거, 모르지?"

"시즌 시작하면 말하려고 했는데 3월 프로 야구 시범 경기 때부터 복귀하기로 했어. 작년 결혼기념일에 야구장에서 만난 중계 팀 선후배들이 카메라맨 뽑는다고 연락이 왔어. 은호 너도 이제 다 컸으니 다시 일하기로 했다."

"와, 너무 잘됐어요. 축하드려요, 아빠. 이제 제 걱정하지 마시고 하고 싶은 거 다 하세요!"

내가 대학에 합격한 것만큼이나 기쁜 소식이었다. 새

로운 출발선에 선 카메라맨 차영훈을 마음속으로 뜨겁게
응원했다.

"기쁜 소식이 너무 많아서 안 먹어도 배가 부른데요?
은호야, 너 고기 많이 먹어라!"

"그나저나 요새 시온이는 어때?"

"협박 메시지가 끝났다고 신났지. 다슬이 영상을 넘기
면 큰돈을 빌려주겠다는 메피스토한테 넘어가기 직전이
었대. 요새는 마음잡고 내가 타던 오토바이로 열나게 배
달 중이야."

"기자님, 다니엘 정은 아직도 행방 묘연해요?"

"판테온 게임스가 제공한 다니엘 정 프로필에는 뉴
저지 럿거스 대학 출신으로 나오는데 확인해 보니 최근
10년 동안 다니엘 정이라는 이름의 졸업생이 없어. 뭐
하나 제대로 된 정보가 없으니 경찰이 못 잡겠다고 나가
떨어지는 것도 엄살은 아니야."

다니엘 정은 판테온 게임스에서 바람같이 퇴사하고
자취를 감췄다. 경찰은 해외에 서버를 둔 도박 사이트
를 수사할 권한이 없고, 놈이 여학생들의 연쇄 자살을 유
도했다는 사실을 입증하기가 힘들다며 시간을 끌었다.
deathcitygame은 폐쇄되었지만, 놈은 또 다른 불법 도

박 사이트를 개설해 영업하고 있을 게 분명하다.

정식 버전을 오픈한 〈판데모니움〉은 엄청난 인기몰이 중이다. 지옥의 도성은 놈의 계획대로 점점 더 확장되고 있다. 어디에나 있지만 어디서도 찾을 수 없는 존재, 메피스토. 나는 아직 놈을 포기하지 않았다!

선정이가 남긴 마지막 다섯 번째 파일에는 성경 구절이 염원처럼 담겨 있었다.

5

## 메시지

감추인 것이 드러나지 않을 것이 없고 숨긴 것이 알려지지 않을 것이 없나니
-누가복음 12:2

# 작가 메시지

다음 세대는 과연 부모 세대를 용서할 수 있는가?
『판데모니움』은 이 질문에서 출발했습니다.

메아리처럼 사라지지 않는 질문을 끌어안고 집필하는
동안 이야기를 감당할 수 없어 도망치고 싶을 때가 많았
습니다. 출구 없는 경쟁 시스템에 갇힌 청소년을 탐욕의
제물로 삼는 사회. 그곳이 다음 세대에겐 지옥의 도성,
'판데모니움'이라는 생각에 끔찍하고 절망스러웠습니다.
제발 이 모든 이야기가 허구이길, 세상에 없는 일이길 바
랐습니다.
이런 생각에 마음이 무너질 때마다 등장인물들은 용기

있게 앞서 나가며 빠르게 확장하는 어둠의 면면을 거침없이 보여 주었습니다. 안타까운 죽음을 맞이한 선정이, 뿌리 깊은 편견에 당당히 맞선 선희, 힘든 삶에도 파이팅 넘치는 지훈이 그리고 작은 영웅 은호. 이 친구들과 함께 오랜 시간 미로를 헤맨 느낌입니다. 아이들이 출구를 찾는 데, 다음 세대의 영혼마저 삼키는 이 타락한 세상을 향해 제 목소리를 내는 데 많은 힘을 실어 주지 못한 것 같아 아프고 미안합니다.

이제 세상으로 나가는 이 친구들의 손을 더 많은 사람이 잡아 주었으면 좋겠습니다. 무한 경쟁으로 무미건조해진 청소년의 영혼을 유혹해 파괴하는, 유령처럼 잡히지도 보이지도 않는 스마트폰 너머의 극악한 범죄로부터 다음 세대를 지킬 수 있길 소망합니다. 혹여나 구조의 손길이 미치지 못하더라도 다음 세대가 스스로 일어나 빛을 발하길 기도합니다.

절박함으로 써 내려간 『판데모니움』을 알아봐 주시고 뽑아 주신 이옥수, 김선희, 김혜정 심사 위원님께 머리 숙여 감사드립니다. 한 권의 책에 진심을 담는 소원나무 식구들을 만난 건 저에게 헤아릴 수 없는 감사와 축복입니다. 부족한 작품을 읽어 주시고 제 안의 메아리가 세상

의 메아리가 될 수 있도록 공감해 주신 독자님들께도 정
말 감사드립니다. 더 좋은 작품으로 화답하겠습니다.

2026년 새봄의 시작에서, 유상아